Yo sé por qué bala la oveja mansa

Diana Castaños

Yo sé por qué bala la oveja mansa

ISBN 978-94-93156-02-9

A Emilio Castaños, porque somos
lo que amamos

I.

Antes de hacer la magia

Yo me llamo Josefina, pero todos me dicen Jo.

No es que ellas quieran decirme Jo. A ellas les da igual, claro. Lo que pasa es que yo me las arreglo siempre para obtener lo que quiero. A ellas, por ejemplo, les doy tal perreta que lo piensan mucho en llamarme de nuevo Josefina.

Como sea, tengan paciencia conmigo, porque no estoy acostumbrada a contar historias. Es que normalmente en mi vida no pasa nada. Desde que soy pequeña llevo diarios, pero aunque me entretengo mientras los escribo, la verdad es que apenas puedo llenarlos. Por suerte, estas últimas semanas han estado muy emocionantes, y sí tengo cosas que narrar.

¿Por dónde empezar? Ah, sí... tengo que remontarme a un mes atrás, al principio de las vacaciones. Y también tengo que explicar algunas cosas.

La casa donde vivo es vieja, pero muy grande. Aunque eso poco importa porque mi hermana, mi madre y yo tenemos que dormir apretadas en un solo cuarto, en el primer piso, mientras que el resto de las habitaciones de esta planta están llenas de trastos. Mi padre solía vivir aquí también, pero un día se cansó de estar tan apretado. O quizás se cansó de otras cosas. Aquí hay muchas cosas de las cuales agotarse.

En la planta baja de la casa viven, mi abuela, siempre subrayando que la casa es de ella y que nos hace el favor de alojarnos, y mi bisabuela Trina, que cocina dulces españoles, y a menudo habla en enigmas.

Habrán notado que Josefina es nombre de vieja. Es que cuando mi abuela, que fue la que decidió mi nombre, me lo puso, no estaba pensando en mí, sino en mi tatarabuela, que nació en España, a principios de siglo xx (al parecer en aquella época ese nombre estaba de lo más de moda).

Mi abuela es así. Ella decide por una, años antes de que a una se le ocurra empezar a pensar en el asunto. Ella determina qué jarrones se ponen sobre qué mesa, si salimos o no de la casa, si están o no bien lustrados las copas de la sala, en qué pasaré mi tiempo de vacaciones... Por ejemplo, ella decidió que este verano me lo pasaría estudiando. Como si no me aburriera lo suficiente en la escuela, he tenido que soportar profesores todo julio y agosto.

Como tengo las peores notas de mi aula, mi abuela piensa que si no me ponen profesores particulares me quedaré tonta. Dice mi hermana que hagan lo que hagan no tengo remedio, que me quedaré así de todas formas. Yo coincido con ella. No me interesa cultivarme; a veces prefiero quemar mi alma antes de aprender algo.

Hoy, por ejemplo, vino la profesora Tania, mi profesora de piano. Yo me escondí debajo de la cama. Me arrastraron fuera. Entonces salí y me senté frente al piano. Tania estaba seria; la boca en perfecta línea recta. Me pidió que tocara en do mayor. Le pedí que me dejara ir al baño. Fui a la cocina; abrí la llave de gas y prendí un fósforo. ¡Se armó una! Total, por un fosforito.

Me regañaron con saña y me mandaron a mi cuarto. ¡Me puse de lo más contenta! Había acabado con las clases de piano.

Mi bisabuela asomó la cabeza en la habitación. Ella siempre se las arregla para estar presente en todas partes.

—Algunos hay que pican... y se llevan el sebo —dijo, misteriosa.

Esta historia que acabo de hacer a lo mejor les parece muy interesante, pero es de las pocas cosas que han pasado este verano. En realidad la vida en la casa suele ser muy aburrida; ni siquiera se oye el sonido de una mosca. Mi mamá dice que es porque apreciamos el silencio. Pero mi hermana y yo creemos que no es paz, sino pánico a la abuela. Como sea, lo único interesante que sucede aquí tiene que ver con los pocos entretenimientos que yo misma me creo.

A veces estoy tan aburrida que me invento una historia en mi cabeza. Menos mal que tengo imaginación. Eso me salva. Cuando el profesor de español que mi abuela me puso me manda a hacer composiciones, tiene que también ordenarme que pare de escribir, porque invento cosas tan divertidas que me cuesta soltar el lápiz y volver a la vida real.

A veces me quejo ante Boni, mi hermana, la única que me escucha un poco en la casa por estos días. Le digo que tengo el alma a punto de irse a vivir en otro cuerpo, de puro aburrimiento que tiene en el mío. Ella suele responderme que soy una niñata, y que no entiendo nada.

Mi hermana Boni se llama así por Bonifacia, la hermana de nuestra bisabuela Trina. A Boni no le preocupa el aburrimiento. El problema de ella es que lo único que quiere en la vida es que la dejen en paz. Lamentablemente, eso no sucede cuando vives en la misma casa de nuestra abuela.

Boni también tiene profesores particulares este verano. Ella no los necesita, porque es la más inteligente de su aula (los profesores nunca creen que yo sea su hermana), pero la abuela no quiere que desperdicie el tiempo. Boni sólo quiere escuchar música, y salir de la casa, pero mi abuela primero le prende fuego a la ciudad, antes que permitir que una de nosotras salga de su vista durante el verano.

Por supuesto, Boni protestó cuando le prohibieron salir.

—¡Que no soy Jo! ¡No soy una niña! ¿Por qué no puedo salir? —gritó a todo pulmón.

—He considerado que tienes mucho que aprender —determinó nuestra abuela.

—¡Mamá! —llamó Boni, descontrolada.

Mamá entró en la habitación. Tenía la mirada cansada, y se notaba que los gritos le habían dado dolor de cabeza.

—Estoy cansada de ustedes. Sólo quiero que se vayan de mi casa —declaró mi abuela.

Mi madre expandió la nariz y los ojos se le pusieron grandes como muñequitos mangas. La abuela supo que se había pasado, y se quedó inmóvil, incluso las manos amenazantes se detuvieron en el medio del aire, sin terminar su gesto. Parecía que tenía miedo de sus propias palabras, como si se arrepintiera de haberlas dicho.

—¡Y nos iremos! —gritó Boni.

—¡Cállate, Boni! —le ordenó mi madre.

No hay quien entienda a mi madre. Ella puede gritarle a la abuela, pero si lo hacemos Boni o yo es un problema.

—¡Ahora mismo a tu habitación, Boni! —ordenó.

Boni le dirigió a mi madre una mirada categoría rayo láser, pero dio media vuelta y se fue. Mi madre siguió discutiendo con la abuela. Si en las composiciones que me pide el profesor de español pudiera poner las discusiones, hace rato que habría escrito mil párrafos. Pero no se puede.

II.

Dejé a mi abuela y a mi madre discutiendo y me escabullí para ver a mi hermana. Boni estaba tirada boca arriba en la cama, tenía los audífonos puestos y trataba de sumergirse en la música; pero se podía ver a las claras que estaba muy molesta como para lograrlo.

La toqué.

—¡Déjame tranquila! —rugió como si fuera a comerme.

Odio cuando se molesta conmigo por algo que le hicieron a ella.

—Vine a ayudarte.

—No necesito tu ayuda. ¡Eres una mocosa! No entiendes nada.

Mi hermana tiene dos años más que yo, pero actúa como si fueran veinte.

—¡Estás igual que mamá! —le espeté.

Por raro que parezca, eso le interesó.

—¿Cómo es eso? —indagó Boni, dejando los audífonos a un lado.

—Que aparentemente está de tu lado, pero termina gritándole a uno.

—Mamá se comporta así porque aunque sepa que tengo razón, no puede evitar ser como es —me explicó.

¡Cómo la defendía! No lo entiendo. ¡Mamá acababa de pelearle y ella la cogía conmigo!

—¡Me alegro que te hayan puesto Bonifacia!

Boni se encendió. No hay nada que la moleste más que le grite su nombre completo.

—Ay, Josefina, ahora te vas a enterar —me amenazó Boni y salió del cuarto.

Pobrecita mi hermana. Debe ser difícil tener ese nombre. Es peor que el mío.

Sin embargo, Boni no inspiraba lástima cuando regresó al cuarto. Reapareció con una sonrisa que me inquietó. No era bueno cuando tenía esa sonrisa.

—¡Mira lo que tengo aquí! —tarareó.

Era mi colección de cristales.

He conocido a niños que coleccionan sellos y monedas, a niños que coleccionan mariposas muertas (un poco enfermo, ¿no creen?). Norah, que es mi mejor amiga, y además, vecina nuestra, colecciona libros (lo cual me parece bien aburrido).

A mí me gusta coleccionar cristales de colores. Son hermosos, y únicos, y si una los pone al sol, brillan como si tuvieran vida propia. Mi abuela los odia; lo cual hace que aumente mi amor por la colección. Ella dice que parezco una boba cuando me pongo a mirarlos, y me botó todos los que no escondí en el alféizar de la ventana. Lo que yo no podía imaginar es que Boni supiera donde estaba mi escondite.

—Le voy a llevar estos cristales sucios a la abuela y te van a botar de la casa.

Se veía que Boni no estaba bromeando. Comencé a temblar. Me imaginé como la abuela me decía:

—¡Te vas de esta casa ahora mismo, Jo! ¡Y más nunca regreses!

Me imaginé haciendo las maletas. Metería mi colcha de cuadros, para irme a dormir debajo de un puente, y mi navaja, para cortar la comida que encontrara en la calle. Me llevaría mi diario, para narrar mis penas, y mis cristales de colores, para ponerlos frente al sol, y que brillaran. Vería entonces lo bellos que eran, y pensaría en la casa y extrañaría a mamá, y hasta a Boni. Visualicé todo tan nítidamente, que empezaron a caerme gotas en la cara. Estaba llorando, a mares. Me imaginé que un día, de pura casualidad, me encontraría con mi abuela. Ella saldría de la peluquería y yo estaría debajo de un puente mirando un cristal. Entonces ella se acercaría a mí y con lágrimas en los ojos me pediría que yo regresara a casa. Pero yo la miraría con indiferencia y le preguntaría: ¿usted quién es, señora? Y entonces, ella, hundida en dolor, diría…

Pero no tuve tiempo de pensar qué diría, porque entró mi mamá en la habitación y saltó encima de Boni.

—¿Por qué molestas a tu hermana? ¿No ves que está llorando?

—Yo no lo he hecho nada —se defendió Boni—. Empezó a llorar sola.

—Dame eso —le arrebaté mis cristales y, sin saber por qué, los dejé caer contra el suelo.

Arrepentida, me agaché a recogerlos, pero vi que se habían roto los más hermosos. Sentí como la rabia me movía; la peor de las rabias, la que es contra una misma. Levanté los que habían quedado intactos, y los volví a tirar contra el suelo. Mi madre y Boni miraron como los aplasté contra el piso, una y otra vez, pero no me interrumpieron.

Cuando terminé, mi madre me abrazó con cariño y me apretó la cabeza contra su pecho. Entonces, le dirigió la palabra a Boni, pero sin mirarla. Se veía que la culpaba por mi arranque.

—Recoge los cristales y bótalos. Después regresas al cuarto y no sales hasta mañana. ¿Entendido?

—Sí —asintió Boni.

Salimos de la habitación. Yo llevaba la cabeza recostada en el pecho de mamá.

III.

Mientras bajábamos las escaleras, mamá me quitó el pelo de la cara.

—Jo, te he descuidado.

Parecía preocupada.

—No te he prestado mucha atención últimamente —más que conmigo, hablaba con ella misma.

La abracé bien fuerte. Sentí que lo necesitaba. Las personas mayores nunca lo aceptan, pero necesitan mucho los cariños de sus hijos. Me devolvió el abrazo y en el oído me dijo, con suavidad:

—Acabo de hablar con tu profesor de español.

Sentí una oleada de peligro cerca.

—¿Por teléfono?

—No. Está allá abajo.

—¿En la casa?

—Sí.

—¿A qué vino? ¡Hoy no hay clases!

—Vino a hablar conmigo.

Eso me intrigó mucho. ¿Qué quería decirle Cabeza de Ladrillo a mi madre?

En realidad mi profesor no se llama Cabeza de Ladrillo, pero yo le he puesto así, a modo de venganza. Todo por culpa de que le gustan demasiado los dictados. Y cuando él dicta, yo me aburro. Entonces, él dice: «Los campos floridos que se encuentran en el sur de Cuba»… Y yo escribo: Las amapolas, los gladiolos, las azucenas, los girasoles y las hortensias de Cuba…

Entonces él se acerca a mí y lo ve.

—¡Pero, Jo! ¿Qué es eso? ¡No es lo que yo dicté! ¿Qué tienes en la cabeza? ¿Ladrillos?

—Pero, Señor Profesor —mi abuela me obliga a decirle «Señor Profesor» a Cabeza de Ladrillo—, es que yo no tengo la culpa. Cuando usted dice «campos floridos» yo enseguida empiezo a imaginarme amapolas, gladiolos, azucenas, girasoles… y eso es lo que escribo. No es mi culpa. Es culpa de mi imaginación.

O cuando él dictaba: «Cuando Colón llegó por primera vez, Cuba estaba habitada por los siboneyes y los taínos, que hablaban en la lengua arawak», yo escribía: «Los aborígenes que vivían en Cuba prácticamente se extinguieron por culpa de la explotación que sufrieron de los españoles, y también por culpa de las enfermedades que los españoles les pegaron. Se extinguieron los siboneyes y los taínos, que hablaban la lengua arawak».

Cuando Cabeza de Ladrillo ve lo que estoy escribiendo me quita el lápiz de la mano.

—¡Pero, Jo! ¿Qué es eso? ¡No es lo que yo dicté!

—Pero, señor profesor, yo no tengo la culpa. Usted no está dando toda la información, y yo, que me la sé, la pongo. No es mi culpa. Es que tengo mucho conocimiento del tema.

—¡Me rindo! ¡No puedo con esta chiquilla! ¡Ladrillos, ladrillos es lo que tiene en la cabeza!

La bisabuela, que siempre lo escucha todo, y se desplaza sigilosa por la casa, me apoyó con una frase que según ella era de Goethe: «En las obras del hombre, lo más digno de atención es la intención». Sin embargo, no sirvió de mucho: Cabeza de Ladrillo hizo caso omiso de ella. Creo que apenas la notó; estaba demasiado horrorizado de mí.

Precisamente por esta historia no me daba buena pinta que Cabeza de Ladrillo hubiera venido a hablar con mi madre. Y menos me gustó cuando mi madre me informó:

—Y quiere hablar contigo también.

No, definitivamente aquello no pintaba bien.

Mamá me guió con dulzura hasta la sala. Allí estaba esperándonos Cabeza de Ladrillo; me lanzó una mirada de lástima que me dejó bien intrigada. La bisabuela empinó la cabeza dentro de la habitación, justo como ella solía hacer, y sentenció:

–La intención crea la culpabilidad y el delito.

Pero yo no sabía de qué hablaba ella. Yo no tenía intención de nada. Estaba a la expectativa, sin ningún tipo de intención. Y Cabeza de Ladrillo tampoco parecía tener propósito alguno. Estaba tomando el té, muy absorto, como si estuviera solo en la sala. No parecía interesado en hablar. De hecho, sorbía el té tan lentamente que casi me hago vieja entre sorbo y sorbo. De repente, empecé a tener una curiosidad enorme por lo que estaba pasando más allá de la ventana.

Más allá del jardín de la casa, se podía ver que los vecinos habían regresado de su viaje a Inglaterra. Norah, mi mejor amiga, me había prometido que me traería un regalo de allá. Incluso había pedido, delante de mí, dinero a su padre para comprarme algo. Enseguida quise que la escena con Cabeza de Ladrillo se acabara rápido. Pero él no parecía tener el más mínimo apuro. Empezó:

–Jo, quiero pedirte disculpas por si alguna vez he sido duro contigo.

–¿Qué?

Si no hubiera sido tan lento, a lo mejor hubiera sido mucho más interesante que un adulto me pidiera disculpas.

–A veces las personas mayores cometemos errores…

¿A veces? Más bien a cada minuto. Pero no quería detenerlo, sólo que acabara de hablar para poder escaparme e ir a ver a Norah. Ella es par de años mayor que yo, igual que mi hermana, pero no se cree engreída por eso. Todo lo contrario. Es muy inteligente, me explica un montón de cosas, y sabe reconocer cuando yo la supero en algo.

Pero con Cabeza de Ladrillos la cosa no tenía para cuando acabar. Tuve que apurarlo. Puse cara de ángel y le dije:

—¿Qué pasa, Señor Profesor?

Cabeza de Ladrillo se detuvo. Abrió un poco los ojos y asintió.

—Tienes razón. Voy directo al punto.

Me alcanzó un papel.

—Mira tu composición sobre tu familia.

No hacía falta que la mirara. La había escrito yo, así que la conocía. Pero mi madre tomó el papel.

—Mira, cielo, léela. ¿No te parece que hay algo raro?

La composición decía así:

Mi familia

Mi papá es una persona estupenda. Su único defecto es que no puede aguantar vivir en esta casa; por eso mi papá se ha ido. A donde quiera que se ha ido mi papa, sé que estará bien. No me preocupa donde esté sino que regrese alguna vez. Las cosas en esta casa son más divertidas cuando él está. Por ejemplo, papá no me regaña por guardar pasas debajo del mantel, ni porque se me rompa algún que otro vaso. Sé que hubiera entendido cuando tiré el hámster al inodoro (fue un accidente). Lo hubiera entendido porque mi papá es una persona estupenda. Pero es el único que es así.

Jo

A mí no me parecía que hubiera nada malo con mi composición. Era la verdad pura y dura. Pero Cabeza de Ladrillo me señaló lo que estaba mal.

—Es que era una composición sobre la familia, y sólo hablaste sobre tu papá.

Así que era eso.

—¡Mi niña! ¡Está tan estresada!

Mi madre se echó a llorar. De verdad que mi madre a veces puede ser toda una actriz. ¡Se puso a llorar tan alto! Vi como Norah cerraba la ventana de su cuarto. Había medio cuadra de por medio, y aun así se sentían los gritos de mamá.

Me habían pedido una composición sobre mi familia, y mi papá era miembro de ella. Nadie mencionó que tenía que hablar sobre TODOS los miembros de mi familia. Los adultos a veces hacen un barullo por cualquier cosa.

—¿Puedo irme? —pregunté, dando por concluido el asunto.

—Claro, mi niña, vete a descansar —balbuceó mi madre, entre llanto y llanto. La cara se le había puesto roja y estaba llena de mocos, que trataba de disimular.

Cabeza de Ladrillo le dio un pañuelo.

—Mi niña es tan frágil —lloraba mi madre.

Aproveché que todos la miraban y salí.

—El alma es el único pájaro que lleva consigo su jaula —me dijo mi bisabuela cuando me vio escabullirme, pero no supe si se refería a Cabeza de Ladrillo, a mamá, o a mí.

—¿Goethe? —le pregunté.

—Víctor Hugo —me respondió, con los ojos vidriosos.

IV.

—¿Por qué se separaron tu mamá y tu papá? —quiso saber Norah.

—Por culpa de Mariela.

—¿Otra mujer, eh?

—No —mi padre no era de esos—. Mariela es mi abuela.

—Ah —a Norah le dio curiosidad. Titubeó algo antes de atreverse a preguntar—. ¿Y por qué tu abuela tiene la culpa?

—Mi abuela le decía todos los días que esa no era su casa, que se fuera de ahí.

—¿Y tu papá aguantaba eso?

—Aguantaba, sí. Por nosotras.

—Es difícil ser hombre y aguantar eso.

—¡Eso es difícil seas hombre o mujer!

—Sí, sí, claro. Pero para los hombres es todavía más difícil. Yo vivo con mi papá, y lo sé: ellos necesitan creerse que son más fuertes que una.

—Mi padre no es de esos.

Norah quiso desviar el tema.

—¿Y dónde está tu papá ahora? —me preguntó.

—No lo sé… ni siquiera me llama…

—¡Ya sé lo que pasa en tu casa! ¡Tu abuela es una monarca!

—Ella no es eso.

—Acabo de venir de Inglaterra —explicó Norah—. Sé de lo que hablo. ¿Tú sabes lo que es un monarca?

—¿Algo así como un dictador?

—Es alguien que manda a todos los demás, y los mandará, hasta que se muera.

—¿Hasta que se muera?

Empecé a sacar cuentas a ver qué edad tendría yo cuando ocurriera eso.

—¿Sabes que se puede hacer con los monarcas?

—¿Qué?

—Un golpe de estado —anunció, muy segura de sí.

—¿Cómo es eso?

—Se toma el mando por la fuerza.

¡Qué buenísima idea! ¡Podía darle un golpe de estado a la abuela! Llegaría y le diría «¡A partir de ahora mando yo!» ¿Cómo es que nunca lo había probado? Le permitiría quedarse en la casa, porque era muy vieja para irse, pero serían bajo mis reglas. Entonces me imaginé mis reglas.

Reglas de Jo

—Boni y yo tendremos un cuarto cada una, y el mío va a estar lleno de cristales.

—Obligatorio que vuelva papá.

¡Norah era tan inteligente! Le agradecí por darme la idea; pero se rió.

—No puedes darle un golpe de estado a tu abuela.

—¿Por qué no?

—Porque no eres fuerte. Para dar un golpe de estado tienes que ser fuerte. ¿Te imaginas que le digas eso a tu abuela y ella te de una bofetada y te mande al cuarto castigada?

Sí me lo imaginaba.

Entonces Norah empezó a explicarme sobre lo difícil que era quitar a un monarca.

—...por ejemplo, en Inglaterra, no es fácil quitar a la reina. Porque aunque no trabaje ni aporte a la economía, lleva muchos años en el poder, y hay gente que cree que porque lleva años siendo así tiene que seguir siendo así...

Así mismo pasaba con abuela: llevaba tantos años mandando a su madre, a mi madre, a Boni y a mí, que nosotras ya creíamos que era normal. Pero no era normal.

En eso entró el señor Hamze, el padre de Norah.

—Buenos tardes, miss Jo —me saludó.

—Señor Hamze, ¿usted quiere darle un golpe de estado a mi abuela?

A Norah le dio un ataque de risa tan fuerte que se cayó para atrás.

—No quiero nada con su abuela, miss.

—¿Por qué no?

El señor Hamze es diplomático, se ha pasado mucho tiempo viviendo en Inglaterra, y siempre se comporta como un estirado. Por esto tuve que pedirle algo:

—No quiero una respuesta diplomática. Quiero la verdad. Cruda y dura.

—Mi padre no puede decir la verdad cruda y dura ni aunque se lo proponga. No está en su sangre —opinó en voz baja Norah.

Pero el señor Hamze pareció sentirse bien con el reto.

—Si me permite decirlo, miss, le contaré la verdad como usted la pide.

—Se lo permito.

El señor Hamze se sentó y se inclinó hacia delante.

—Hay dos tipos de vecinos en este mundo —empezó el señor Hamze—, los que te hacen la vida más agradable, y los que no.

Estaba claro en qué tipo se encontraba mi abuela. Lo que no entendía bien era cómo se comportaba un vecino agradable. Se lo pregunté.

—Bueno, hace mucho tiempo... cuando ninguno de ustedes había nacido... de hecho, cuando yo era todavía un niño... yo vivía en esta misma casa, y a excepción de la casa de su abuela no había nada por aquí. Nada de nada. Todo esto estaba desolado.

—No habían cafeterías, ni escuelas, ni cines...

—No. Nada de eso. Sólo había casas, y muy pocas, realmente muy pocas…

De repente, el señor Hamze dejó de tener cara de estirado. Comenzó a tener una cara muy dulce, y fue como si renaciera debajo de su piel. Se inclinó hacia delante, y me contó una historia que me dejó fascinada y trastornada al mismo tiempo.

—«En una de esas casas, una que estaba bien alejada, vivía un anciano».

«Era un hombre muy huraño. La casa era de madera, y estaba justo frente a la playa. A pocos metros del agua, había logrado, no sé cómo, cultivar hortalizas y viandas, sobre todo plátanos. Y tenía un espantapájaros, uno tan grande y real, que parecía más vivo que el hombre mismo. El hombre se dedicaba al espantapájaros más que al huerto mismo: Todos los días le cambiaba la ropa, el sombrero. Le hablaba, le cantaba canciones, lo arrullaba en los días de tormenta».

«Yo, que lo veía todos los días desde mi ventana, empecé a respetar ese hombre, que no hablaba con nadie, pero que le cantaba a su espantapájaros. Quería mostrarle mi aprecio, pero no encontraba una manera correcta, porque el hombre era muy huraño, y siempre que me acercaba, me esquivaba. Yo no quería cambiarlo: me gustaba como era; sólo quería demostrarle mi respeto».

«Un día busqué el sombrero que mi padre me había regalado por mi cumpleaños. Era un sombrero de cuero negro, muy caro, pero yo siempre he creído que se deben regalar cosas que valgan para uno, cosas importantes, o no se debe regalar nada. Entonces, cogí el sombrero y lo puse a los pies del espantapájaros, sin que el hombre se diera cuenta».

«Él no me vio, pero supo que era yo. No sé explicarte cómo. Lo supo, como yo adiviné que él pondría algo para mí en el mismo sitio. Al otro día busqué entre los pies del espantapájaros. Había caramelos y algunos libros. De alguna manera, el hombre se había enterado que me gustaba leer».

«Así estuvimos varios años. Nunca nos hablábamos, pero yo ponía en a los pies del espantapájaros cuanta cosa se me ocurriese que le pudiera agradar al anciano, y él ponía para mí casi siempre libros, y caramelos».

«Un día tuve que irme a Inglaterra, para estudiar en la Universidad. Tenía ganas de despedirme del anciano, de verlo y agradecerle por los libros que me había dado, durante tantos años, pero eso hubiera sido romper nuestro acuerdo de silencio. Hubiera sido como romper la magia. Nosotros éramos amigos sin hablarnos. Éramos como guardianes invisibles, el uno del otro. «

«Fui a una tienda de plantas y compré, con el poco dinero que tenía en la época, semillas de amapolas y girasoles. Me parecía que le darían color a la casa del anciano. Las puse en el bolsillo, junto con una postal que tenía la dirección de Inglaterra, en el sitio donde iba a estar. Fue mi manera de despedirme. «

«Años después, estando en Inglaterra, casi a punto de graduarme, recibí una postal. No llevaba nada escrito, pero tenía la dirección de la casa del anciano; y tuve un mal presentimiento. Yo, que no había venido en varias vacaciones, decidí tomarme un tiempo para ir a visitarlo. Cuando llegué ya no estaba. Había muerto. Y tu abuela, que siempre le molestó el anciano, por lo esquivo que era, había mandado a tumbar el espantapájaros».

«No había, no obstante, mandado a tumbar las amapolas y girasoles que había sembrado muy cerca de su casa».

El señor Hamze se echó hacia atrás.

«Y eso es todo».

Puso las manos en las rodillas, y se quedó así por un momento.

—¿Todavía está la casa ahí?

—Queda algo de ella… no mucho —me dijo, pero no parecía estar hablando conmigo.

—¿Y las flores? ¿Los girasoles y las amapolas?

—Sin cuidados, se perdieron. Cuando regresé finalmente de Inglaterra, ya no estaban.

El señor Hamze se incorporó suavemente. Estuvo un rato parado ahí, en el medio de la habitación. Norah estaba callada, mirándolo. Poco a poco, su rostro fue dejando a un lado la ternura, hasta que recuperó por completo su cara de estirado. Dio media vuelta y cerró la puerta detrás de sí. Nos quedamos en silencio. Uno hondo y compacto, que tardamos en romper. Cuando finalmente lo hice, me sentía avergonzada, sin saber por qué.

—Norah, ¿te sabías esa historia?

—Algunas partes. Pero no completa. A partir de ese día mi padre cambió… o al menos eso es lo que dice él.

—¿En qué cambió?

—No lo sé. Nunca me ha dicho. Pero sé que la muerte del viejo fue dura para él.

Me quedé en silencio. A mí también me molestaba que el anciano se hubiera muerto. Pero, además, me incomodaba otra cosa. Tardé en darme cuenta qué era. Cuando finalmente lo supe, traté de remediarlo.

—Norah, ¿por qué no compramos semillas de plantas bonitas? Podemos sembrarlas en donde tenía el anciano sus flores.

—¡Qué cosas dices! ¡Tú ni siquiera puedes salir de tu casa cuando quieras!

—¡Puedo escaparme cuando yo quiera!

Norah se quedó pensativa por un momento.

—Mejor siémbrala en tu jardín. Así no tendrías que escaparte.

Era buena idea. Sembrar flores en honor a ese anciano raro y bueno.

—Apuesto a que tu abuela no le ve bueno —opinó Norah.

Yo también apostada a eso. Mi abuela no soporta a la gente callada. Ella lo ve como un signo de falta de educación. La verdad es que yo en eso no me parecía el anciano. No me puedo estar con la boca cerrada más de cinco minutos. Pero el cuento del padre de Norah me había llegado, y de momento admiraba el silencio.

–Norah, dame mi regalo que me voy. Quiero estar en silencio.

–¿Qué regalo?

–Pero… Me dijiste que me ibas a traer un regalo de Inglaterra.

Norah se llevó las manos a la cabeza.

–¡Se me olvidó!

Empecé a patalear.

–¡Cómo se te va a olvidar mi regalo!

–¡Espera! ¡Espera! Traje estos libros de inglés. ¿Quieres leerlos?

–¡Botaste el dinero de mi regalo en unos libros!

–¡Es que están tan buenos! –suspiró Norah.

–¡Entonces, quédate con ellos!

Abrí la ventana del cuarto, me agarré con ambas manos del alféizar y salté hacia el suelo del portal de la casa de Norah. Allí estaba el señor Hamze, fumándose un cigarro. Tenía su habitual cara de estirado, y daba largas bocanadas a su cigarro. (Mi abuela lo odiaba por ese hábito, más que por cualquier otra cosa).

–¿Pudiera, miss, no descolgarse de la ventana? –me preguntó cuando me vio.

–Pues no. ¡La «miss» no puede hacerlo! ¡Como tampoco su miss hija puede cumplir una promesa!

El señor Hamze había dado una bocanada a su cigarro, y mi respuesta lo dejó tan sorprendido que olvidó botar el humo. Se le salió por la nariz y la boca. Tosió un poco.

—Fumar es un hábito feo —dije, di la espalda, y me fui a mi casa. O mejor dicho, a casa de mi abuela, donde yo vivo.

V.

Cuando llegué a la casa la abuela estaba quejándose de las ratas. Últimamente es su tema favorito.

—¡Viven en el sótano!

—No, mamá. ¡Ahí no hay nadie! —decía mi madre.

—Las escucho todo el tiempo —porfiaba abuela.

—Son ideas tuyas —aseguraba una y otra vez mi mamá.

—No estoy loca todavía, Magdalena. Acuérdate que esta mi casa y que conozco todos los sonidos.

—Sé muy bien que esta es tu casa, mamá. Tú no me dejas olvidarlo.

—Entonces, que sepas también que lo que digo es cierto: ustedes tres viven arriba, tu abuela y yo abajo en esta planta, ¿y sabes quienes viven en el sótano?

—No.

Mi abuela la miró como si mi madre fuera anormal.

—¡Las ratas!

Es verdad que a veces se oyen ruidos en el sótano. Pero nunca había pensado en eso. Quizás mi abuela tenía razón, (aunque yo nunca se lo diría).

Aproveché la discusión y me dirigí en silencio a mi cuarto, antes de que mi abuela me viera y me mandara a quitarle el polvo a los muebles o alguna otra tontería parecida. Sin embargo, la madera de la casa está ya un poco vieja, y chirrió bajo mis pies.

—Así mismo te quería coger.

—Hola, abuela —saludé, con aire inocente.

Eso la puso en guardia.

—¡Ven para acá, Jo!

—Abuela, ahora no puedo, tengo que ir al baño.

—Ve al baño y luego baja inmediatamente, que tienes que sacudir los muebles de la sala.

—Pero, mamá, ¿no te conté lo que pasó con el profesor de español? —salió en mi defensa mi madre.

—De «mamá» nada, Magdalena. Que no te engañe el bicho que tienes por hija. Ella está bien de la cabeza, está engañándote a ti y a todos nosotros. Lo que he dicho, Jo. Vas al baño y regresas enseguida, que aquí hay cosas que limpiar..

—Sí, abuela. Palabra.

En las escaleras estaba mi bisabuela.

—Hola, bisa. Que si por esto, que por lo otro, ¿algún día tendremos paz en esta casa?

—No puede haber pactos entre el león y el hombre, como el lobo y el asno no pueden vivir en armonía —sentenció.

Me arrepentí de haber preguntado. En realidad, era una pregunta retórica.

En el cuarto estaba Boni:

—Jo, perdóname.

Me alargó las manos. Tenía mis cristales de colores. Se había tomado el trabajo de pegarlos con goma especial.

—¿Mamá te contó lo de la carta de Cabeza de Ladrillo?

—Sí.

—¿Y te dio cargo de conciencia?

—No. No es eso…

Pero sí era eso. Conozco a Boni. ¡A veces le entran unos cargos de conciencia! Pero me daba igual si lo reconocía o no. Incluso no le presté atención a los cristales. Así pegados, no tenían belleza alguna, y preferí no mirarlos. Además, tenía otras cosas en la cabeza. Me puse a revolver los cajones.

—¿Qué buscas? —Boni estaba muy amable. ¡Y decir que no era cargo de conciencia!

—Busco mi diario del año pasado —le respondí.

—¿De qué periodo?

Odio cuando se hace la tonta.

—¿De qué periodo va a ser? ¡De las vacaciones pasadas!

Puso cara de preocupada, pero de preocupada de verdad, no estaba fingiendo ni nada. Me ayudó a buscar.

Al final lo encontramos debajo de mis medias sucias, en el cajón de la ropa por lavar.

—¿Qué hace tu diario ahí? —preguntó Boni, pero enseguida hizo un ademán en el aire, como espantando una respuesta a su pregunta.

Busqué las páginas del diario que quería leer. Norah me había preguntado por qué mamá y papá se habían separado. Esa pregunta me había dejado pensando. Abrí mi diario. Sabía exactamente qué página leer.

FRAGMENTOS DE MI DIARIO DE LAS VACACIONES DEL AÑO PASADO

Martes, 5 de julio

Estábamos en la mesa, degustando una crema catalana, un postre español que la bisa Trina, que prácticamente vive en la cocina, es especialista en hacer.

La crema catalana es un dulce cubierto por una fina capa de caramelo crujiente. Como todos estábamos ocupados rompiendo el caramelo con la cuchara, no prestamos atención a la lista que estaba haciendo mi abuela.

¡Y que lista era aquella! Era una lista de las cosas que cada cual debía hacer en las vacaciones. Había acabado de empezar, pero ya tenía escrita una cuartilla. Cuando terminé con mi crema catalana, me incliné hacia delante para poder ver qué había puesto debajo de mi nombre. Leí algo sobre arrancar las malas hierbas y pintar la cerca de la casa.

Parece que papá también vio la lista, porque aprovechó ese justo momento para decir, como si fuera lo más normal del mundo.

—Sabe, Mariela, no vamos a estar aquí las vacaciones completas.

Vi acercarse la tormenta. Mi hermana Boni se atragantó con la natilla de la crema, pero nadie le hizo caso. Su tos seca fue lo único que se escuchó en el ambiente durante unos minutos.

—¿Quiénes, Daniel? —inquirió mi abuela, apretando la punta del lápiz sobre el papel, justo debajo del nombre de papá—. ¿Quiénes no van a estar aquí todas las vacaciones?

—Nosotros: Magdalena, Boni, Jo, y yo. Nos vamos de vacaciones por quince días a Rusia. Bueno, las niñas van de vacaciones. Yo me tengo que ir a trabajar. Pero estaré bastante con ellas…

Mi abuela lo interrumpió, tajante, como quien aplasta una mosca contra la pared.

—¡Por encima de mi cadáver!

—Ya lo veremos.

—Magdalena —se dirigió a mi madre—, ¿qué boberías está diciendo Daniel?

—Nada, mamá, nada…

Mi papá se molestó mucho. Siempre se molesta cuando mi mamá se queda callada delante de mi abuela.

—Ma, cuéntale a Mariela lo que hemos hablado —le pidió.

Pero mi madre estaba muda.

—No, deja eso, Daniel. No es el momento —susurró.

—¿Cuándo es el momento, Ma? —se alteró mi padre—. Te lo digo una vez más: eres tú la que deja que tu madre se haga cargo de nuestras vidas.

—Daniel, no…

—Las niñas están creciendo en este ambiente porque tú lo permites, Ma —siguió mi padre.

Mamá expandió la nariz. Puso los ojos redondos, como muñequitos mangas, y los enfiló directamente a mi padre. Explotó:

—¡Ahora es mi culpa! ¡Todo es mi culpa! Yo soy la que quería irse a vivir en cualquier alquiler de pacotilla, pero tú no; tú necesitas esperar a que se compre la casa de tus sueños.

—Si tú impones respeto, podemos vivir aquí.

Mi abuela decidió interrumpir:

—¿Qué olla de grillos es esta? Si van a fajarse que sea en el cuarto, aquí estamos comiendo.

Mi madre y mi padre se callaron al momento.

—Bien, ahora, voy a leer la lista de cosas que cada cual tiene que hacer en este verano —continuó mi abuela, como si nada hubiera pasado.

—Esperemos lo que queramos, pero soportemos lo que viene —replicó mi bisabuela Trina.

Mi abuela la ignoró y empezó a leer la lista.

La crema catalana perdió su sabor dentro de mi boca, pero me guardé mucho de decir lo más mínimo.

Lo leí todo en voz alta. Cuando terminé, Boni tenía los ojos rojos. Parecía que estaba aguantando las ganas de llorar.

—No lo sabes todo —me dijo y se levantó.

—¿De qué hablas?

—Mira, toma.

Sacó su diario de debajo de la almohada. Normalmente sólo tiene debajo de su almohada el libro que esté leyendo. No me sorprendí cuando me abrió la página exacta.

—Lee —me incitó.

LO QUE BONI ESCRIBIÓ EN SU DIARIO EL 22 DE JULIO DEL AÑO PASADO

Viernes, 22 de julio

No es que me moleste que mis padres peleen. Sé que todos los padres lo hacen. Hay algunos incluso que lo hacen todo el tiempo. Los míos lo hacen de vez en vez. A mí lo que me molesta es que siempre es por el mismo tema. No entiendo cómo no pueden solucionarlo.

Jo piensa que ellos discuten por culpa de la abuela. Ella no entiende nada de nada. Piensa que la abuela es mala persona y que nuestros padres son las víctimas. Jo no sabe que la abuela es así porque quiere que mamá y papá sean independientes y se sepan valer por ellos mismos. Mamá quiere también que papá sea el tipo de hombre que sea capaz de pasar trabajo, pero que tenga la frente alta y no le deba nada a nadie. Pero papá no es así. Papá sólo quiere que haya armonía y que las cosas a su alrededor sean bellas. No le interesa nada más. No está dispuesto a sacrificarse por nada ni por nadie.

Como sea, deberían aceptarse todos como son, o acabar de terminar de una vez. Y ellos escogieron lo segundo. Lo que pasó en el aeropuerto fue lo que le puso la tapa al pomo.

Estábamos los cuatro a punto de irnos para Rusia. Eran las primeras vacaciones que nos íbamos de la casa. Papá, mamá y yo ya estábamos en el aeropuerto. Faltaba nada más Jo, que llegaba con la abuela de un turno en el dentista. Pero cuando se apareció la abuela, estaba sola.

—Mamá, ¿dónde está la niña? —preguntó mamá.

—La dejé en la casa, Magdalena. Es un viaje muy largo para una niña tan pequeña.

—Mariela, dígame que la niña está en el carro —amenazó papá.

—Ustedes dos no pueden mantenerse bien a ustedes, la niña me necesita —dijo la abuela—. Si la dejo ir capaz que se olviden de alimentarla.

Mi papá entonces se viró contra mamá.

—¡Magdalena, di algo!

—¿Qué quieres que diga, Daniel?

—Dile a tu madre que hizo mal.

—Qué sentido tiene eso ahora, Daniel. Vámonos para la casa.

—¡Cómo! ¡Nos vamos! ¡Estamos en el aeropuerto!

—Yo no me voy a ninguna parte sin mi hija.

—Aquí está tu otra hija, que merece vacaciones, y aquí estoy yo, que tengo que irme a trabajar allá.

—Entonces, vete. Yo me quedo aquí con mis hijas.

Papá se llevó las manos a la cabeza.

—¡Está bien! ¡Dame mis maletas!

Mamá se las dio. Él dio la espalda y se fue. Me quedé mirando cómo se alejaba, esperando que se virara y dijera «Dame a mi hija», como mismo había reclamado las maletas. Pero no lo hizo.

Le devolví el diario a Boni.

—¿Yo fui la culpaba de que mamá y papa se separaran? —pregunté, con un hilo de voz.

—No fuiste la culpable. Sólo fuiste el punto detonante.

Boni y yo nos hubiéramos ahogado en nuestras penas por un rato más, pero tocaron la puerta. Era mamá.

—Jo, baja, tienes visita.

Bajé. Norah estaba con su padre en la puerta. El señor Hamze tenía las dos manos ocupadas; en una traía un perrito chiquito, que gemía sutilmente, y en la otra un cartucho, con lo que supuse sería alguna comida para el animalito.

El señor Hamze preguntó si podía regalarme el perrito. Hizo la pregunta al aire, mirando indistintamente a mi abuela y a mi madre, pero todos en la habitación sabíamos que era mi abuela quien decidía. Y por supuesto, se opuso.

—Un perro es un saco de pulgas. Llévese eso de aquí.

El señor Hamze no se movió. Miró a mi madre, buscando su respuesta. Eso fue justo lo que se necesitaba. Mi madre tomó fuerzas y se adelantó hacia el señor Hamze. Él le extendió el perrito y el cartucho. Mi madre los tomó mientras le agradecía el regalo.

El señor Hamze, con tacto, se disculpó y se fue. Norah me hizo señas de que fuera para su casa más tarde. Sabía que había dejado una tormenta en casa.

La abuela no dijo nada. Fue a su habitación con una cara que le había visto pocas veces y que no me gustó nada.

—Jo, toma tu perrito y vete a tu cuarto —me pidió mi madre, con voz temblorosa.

La abuela regresó. Tenía un cinto en la mano.

—Mamá… —comencé a decir, pero ella me interrumpió.

—Vete, Jo. Ahora.

Subí al cuarto con el perrito. Toda la alegría de tenerlo se desvaneció con cada golpe del cinto de la abuela en la espalda de mamá. Abracé al perrito, y me puse en un rincón del cuarto. Miré dentro del cartucho: era una semilla. No una pequeña, como para una planta de amapola. Era una semilla gigantesca, tan grande como mi mano. Me pregunté de qué planta sería.

—Boni, mira los regalos que me hizo Norah.

—Ah, qué bien, un perro y una semilla.

Se notaba por el tono que estaba molesta conmigo.

—¿Por qué estas brava conmigo, si se puede saber?

—¿Qué hiciste ahora? La abuela está dándole a mamá por tu culpa.

Pero no era culpa mía. Dijera lo que dijera Boni, todo era culpa de la abuela.

Entonces, una fuerza nació dentro de mí. Me sentí brava contra Boni, que se molestaba conmigo por cualquier cosa; brava con mamá, que era muy débil ante la abuela; brava con el anciano huraño, que había muerto solo; y por último, brava conmigo misma, por dejar que la abuela mandara en mi vida, sin hacer lo más mínimo para evitarlo.

De pronto, la solución a mis problemas estaba clara: decidí hacer algo contra la abuela.

Cogí todos los cristales pegados que me había devuelto Boni. Cargué al perrito, que todavía no tenía nombre, agarré unas tijeras y con el cartucho con la semilla en la boca, me descolgué por la ventana, hacia el jardín.

—¿Qué barbaridad haces? —indagó Boni, pero la ignoré por completo.

Ya era hora de hacer algo para luchar contra la abuela. No tenía la fuerza para darle un golpe de estado, pero si podía hacer magia negra, de la que hacían los aborígenes en Cuba, antes de que se les enseñara la religión cristiana.

Los siboneyes y los taínos que hablaban la lengua arawak estaban extintos, pero habían dejado parte de su magia en algunas palabras.

Me senté al pie del olmo del jardín y empecé a cavar con mis manos.

Hice dos hoyos. En el primero, sembré la semilla grande que me había regalado Norah y su padre. En el otro, más profundo, metí la cabeza en él, y canté: «¡Guamuaya, guanacabibes, aguacate, mamey!…» y demás palabras mágicas, que no puedo poner aquí, porque son muy peligrosas.

Cuando consideré que había gritado suficiente en el segundo hoyo, dejé caer dentro todos mis cristales, pegados como estaban por Boni. Con las tijeras me corté tanto pelo como pude. Lo tiré todo el hoyo. Busqué con la vista al perrito que me había regalado Norah. No andaba por ningún sitio. Tuve que levantarme y empezar a llamarlo. Como no tenía nombre, tuve que inventarle uno ahí mismo. Lo llamé Ps.

Ps no aparecía por ninguna parte. Era como si intuyera que yo necesitaba un sacrificio animal para terminar la ceremonia mágica.

En teoría, toda ceremonia mágica lleva un sacrificio. Y el sacrificio de la sangre es bastante poderoso, pero yo no creo que valga la pena hacer que nadie sufra, así que Ps estaba a salvo conmigo. Sólo que él no lo sabía, así que me costó mucho encontrarlo. Finalmente, vi su colita debajo de la fuente seca del jardín. La agarré y le corté algunos mechones. No le dolió nada, por supuesto.

Eché el pelo de Ps en el hoyo y lo cerré bien. Luego salté encima, siempre repitiendo «Guamuaya, guanacabibes, aguacate, mamey…» y demás palabras mágicas.

Eso fue todo. Ya la magia estaba hecha. La abuela sufriría en carne propia todas sus injusticias.

VI.

Después de hacer la magia

Y en eso sonó el timbre de la puerta. Entré a la casa corriendo. Alcancé a ver como mi madre, adolorida, se subía el zipper del vestido. Me alegré de haber hecho la magia en contra de mi abuela. Estaba ansiosa por saber cómo el destino le haría pagar lo que ella hacía.

Mi madre intentó irse de la sala. Al parecer asumía que estaba exonerada de estar presente, luego de tamaño castigo. Pero la abuela no lo consideró así.

—Magdalena, ¿a dónde vas? Abre la puerta. ¿No ves que suena el timbre? Puede ser una visita para ti.

Mi madre fue a abrir la puerta. Era el cartero. Mi abuela recibía carta a menudo, así que el cartero nos trataba con familiaridad. Incluso tenía cierta coquetería con la abuela; y era muy amable con bisa Trina, que siempre le ofrecía de sus dulces españoles.

—Hola, Magdalena. ¿Cómo están Mariela y Trina hoy? —saludó el cartero.

—¿Tenemos carta? —le preguntó ansiosa mamá, con un hilillo de voz.

—Traigo dos sobres para ustedes —precisó el cartero, y miró para adentro de la casa, buscando a mi abuela.

Ella salió, con una manzana asada en la mano, y una sonrisa florida. Ni rastros del cinto.

—Mariela, no tenía que molestarse —comentó el cartero.

—No es molestia; es un detalle para un caballero —dijo y le alcanzó el dulce. Con el cartero la abuela parecía siempre otra persona.

El cartero le dio una mordida a la manzana.

—¡Está muy buena!

Bisa Trina asomó la cabeza de la cocina:

—Es un postre sencillo; lo más importante es seleccionar la manzana. Yo las prefiero verdes: dan un punto de acidez que encaja muy bien con el dulzor del caramelo, dentro de la manzana.

—¿Cuándo nosotras podemos probar de ese postre sencillo? —pregunté.

—Después del almuerzo —replicó, tajante, mi abuela.

Bisa Trina volvió a meter la cabeza en la cocina. Ella nunca se metía en nada, y evitaba a toda costa problemas con la abuela. Mientras tanto, la abuela miraba embelesada al cartero, que se comía la manzana.

—¿A qué está buena, verdad? —no dejaba de sonreír, zalamera—. Mi madre, Trina, aprendió a cocinar en España, usted sabe...

—Sí, sé que ustedes son de allá... de la Madre Patria...

—¿Me puede dar los sobres? —mamá interrumpió secamente la coquetería, y extendió la mano.

La abuela le congeló el brazo con la mirada.

—Magdalena, ¡qué modales son esos! Disculpe —se dirigió al cartero—, los muchachos de hoy.

—Está bien, Mariela —le restó importancia, mientras entregaba los sobres a mamá—. Fírmeme aquí, Magdalena, por favor.

Después que firmó el recibo del cartero, la mano de mamá empezó a temblar. Había notado que uno de los sobres era una carta de papá. La agarró firme contra su pecho.

El cartero, que sintió el ambiente tenso de la casa, se despidió enseguida. La abuela empezó a pelear, pero mamá por una vez en su vida le hizo caso omiso; estaba demasiado absorta abriendo la carta de papá.

La carta tenía varias páginas dentro. Mamá las hojeó rápidamente. Entregó una hoja a Boni y otra a mí.

—Estas son para ustedes, de parte de su padre —nos dijo.

—¿Y ese otro sobre? —preguntó la abuela.

—Ah —mamá lo miró rápidamente—, tiene tu nombre.

—Dámelo, entonces. Tienes la cabeza en las nubes.

Mamá le extendió el sobre a la abuela, sin dejar de leer las páginas de papá.

—Dice que no viene por ahora, pero que está ahorrando mucho dinero… —leía entrecortada, los ojos le volaban por entre las líneas, quería acapararlo todo, saberlo todo de una vez.

—¿La tuya qué dice? —le pregunté a Boni, que había terminado de leer su hoja, que era bien corta.

—Que tenga paciencia con la abuela… y que cuide de mamá y de ti —me resumió.

—Desde tan lejos se las arregla para hacerme parecer un monstruo —se molestó la abuela.

Boni no le hizo mucho caso. Al parecer ya estaba poniendo en práctica el consejo de papá.

—¿Qué te escribió a ti, Jo? ¿No lo vas a leer? —me preguntó Boni.

—No. Quiero estar sola para leerlo.

La abuela había abierto la de ella. Era un sobre gordo, que traía varios papeles escritos, y algunas fotos de una niña regordeta.

—Oh, no —exclamó la abuela, apenas empezó a leer la carta.

—¿Qué pasa, mamá? —preguntó mi madre.

—Oh, no. ¡No puedo, no puedo con esto!

La bisabuela volvió a asomar la cabeza desde la cocina.

—Es la abuela la que está gritando —le expliqué.

Entonces bisa Trina se limpió las manos en su delantal, y con actitud resuelta se acercó a la carta. La cogió entre sus manos, la hojeó por arriba, y luego la leyó atentamente. La abuela tenía las manos en la cabeza, y nosotros esperábamos en ascuas. Incluso yo me olvidé de la carta de papá por un ratico.

—En la dolencia, paciencia; en la aflicción, resignación —recitó bisa Trina, cuando terminó de leer la carta.

Nunca había visto a la abuela llevarse las manos a la cabeza, y me daba mucha curiosidad que podía lograr esto.

—Oh, Magdalena, como si no tuviera yo bastante ya… —se quejaba mi abuela.

—Mamá, cálmate, ¿qué te pasa? A ver, dame acá esa carta.

Mamá examinó el sobre. Vio los sellos.

—Es de Rusia —informó.

—Es de José —dijo la abuela.

José era un primo de la abuela. Yo lo había escuchado nombrar alguna que otra vez; nunca demasiado.

Mamá sostuvo las páginas de la carta. Era una carta tan larga como la que de papá. Mamá leyó por encima, sin darle demasiado importancia:

—Dice algo de su nieta Alina… dice que la nieta quiere conocer Cuba… ¿es la niña de esta foto?

—La misma. Es un horror de criatura. No tiene modales para nada —la abuela estaba angustiada—. Su misma madre la desprecia. Mi primo me lo ha contado en otras cartas.

—Bah, estoy segura de que no puede estar tan mal. Aquí en la carta —leyó rápidamente mamá— dice que habla bien el español, pero que no habla mucho… Que espera que se vuelva más cálida en el trópico.

—¡Lo que quiere es quitársela de arriba por un tiempo!

Mamá, que había seguido leyendo la carta, se emocionó por un momento:

—¡Dice que Daniel estuvo por allá a visitarlos! —murmuró algunas palabras, en su lectura—. Pero que no aceptó alojamiento.

—Entonces, ¿vamos a recibir visitas? —preguntó Boni.

—Sí. Va a venir tu prima de Rusia.

—Nunca he escuchado de ninguna prima —objetó Boni.

—Se llama Alina. Es nieta de José, el primo mío. Debes atenderla cuando venga. Tiene tu edad más o menos —señaló la abuela, en tono autoritario. Se notaba que ya se estaba reponiendo de su angustia.

—Pero yo no tengo tiempo para atender a esta prima.

—Pero debes, y vas a hacerlo.

—¿Por qué?

—¡Porque yo lo digo! —notificó la abuela.

—¡Eso no es suficiente! —se molestó Boni—. ¡Hace falta más que sólo mandar en esta casa!

Y se fue corriendo para el cuarto. Mamá fue detrás de ella, y yo detrás de mamá.

Cuando llegamos al cuarto, Boni estaba acomodada en su cama, con los audífonos puestos, y ya había adoptado su posición favorita, de «no me importa nada».

—Boni, ven acá —reclamó mamá con suavidad, mientras sacaba un álbum del closet—. Quiero enseñarte algunas fotos de la familia.

Yo me acerqué a ver. Casi todas eran fotos en blanco y negro, viejas y aburridas, pero había un árbol de lo más bonito, pintado en la carátula del álbum.

—¿Y ese dibujo, mamá? —pregunté.

—Este es el árbol genealógico de nuestra familia. Mira, aquí estás tú —puso su dedo en mi nombre—. ¿Ves?

—¿Qué significa lo que está debajo de los nombres? —pregunté.

—El país y el año en el que nació cada persona. Por ejemplo, tú naciste en Cuba, en el año 96.

—Alina nació en el 93. Es tres años mayor que yo.

—No conocemos a la tal Alina —interrumpió Boni, sin quitarse los audífonos—. ¿Por qué tenemos que atenderla?

—Justo aquí hay una foto de ella cuando era bebé —mamá señaló una foto de una niña blanquísima, completamente calva—. La envió el primo de tu abuela hace unos años...

—Tener una foto no es conocer a alguien. Además, ahí es sólo una bebita.

—Boni, recuéstate aquí —pidió mamá mientras ponía una almohada detrás de su espalda, para que estuviera cómoda—. Te voy a contar una historia.

Boni obedeció, pero con indiferencia.

—La madre de José, o sea, Bonifacia... —comenzó mamá la historia.

—La tía bisabuela, por la que me pusieron el nombre —interrumpió Boni.

—Sí, ella misma. Cuando ella y tu bisa Trina eran jovencitas, en los años treinta, comenzó una guerra en España.

—La Guerra Civil Española.

—En ese tiempo todavía no tenía ese nombre. Sólo era una guerra.

—Bisa Trina y Bonifacia vivían en España, pero bisa Trina no quería quedarse allá en medio de la guerra, y vino para Cuba... —conté yo, que me sabía al dedillo la historia.

—En cambio, Bonifacia se quedó en su país —continuó mamá—. Ella estaba delicada de salud, con lo que después se supo era tuberculosis. Vivía con José, que por entonces era un niño, en los alrededores de un pueblo llamado Guernica. Trina pensó mucho si irse o no, pero finalmente decidió que emigraba, y le pidió a su hermana que apenas mejorara su salud la siguiera.

«Pero la hermana no mejoró. Poco antes de que la guerra llegara a Guernica, Bonifacia murió. Cuando quedó huérfano, José se fue para casa de una vecina, a la que Bonifacia le había pedido que se ocupara del pequeño, en caso de ella fallecer. La vecina, que era una mujer amable y de buen corazón, lo acogió con cariño. Tenía la dirección para donde iba Trina en Cuba, o sea, la dirección de esta casa, y decidió escribirle a ella, y contárselo todo, para poder enviarle a José».

«Pero, como he dicho, España estaba en guerra. El correo apenas funcionaba, para los civiles menos. Poco tiempo después, Guernica fue arrasada. La carta de la vecina nunca llegó. Ni Trina ni tu abuela supieron de José por mucho tiempo».

«Un día, ya siendo José un hombre, nos escribió y nos contó todo lo que había pasado: cómo la vecina lo había dejado dormir con ella y con sus hijos, cómo creció y se hizo hombre en medio de la guerra, y cómo se había unido a las filas del partido comunista de España; del que tuvo que salir huyendo, bajo pena de muerte, para la Unión Soviética, cuando en España comenzó la dictadura».

Boni no se había quitado los audífonos, pero se veía que estaba escuchando atentamente, porque tenía un fino hilillo de agua corriéndole por los ojos.

—José tuvo una vida difícil —continuó mamá—. Pero ya está mejor. En Rusia se casó y tuvo una hija y dos nietos. Uno de estos nietos es Alina, creo que la mayor. Ella, según nos ha contado el propio José en otras cartas, tiene serios problemas de conducta. José le pide ahora a su prima, o sea, a tu abuela, que lo ayude. Y ella, aunque no le guste la idea de lidiar con una niña malcriada, porque como ustedes saben tu abuela no soporta ni a los niños educados, no puede decirle que no. ¿Entiendes por qué?

Boni asintió, callada.

VII.

Esa misma tarde empezaron los preparativos para recibir a Alina.

Aunque ella tuviera doce años y probablemente no se fuera a fijar en la limpieza de la casa, fui testigo, mientras Cabeza de Ladrillo me daba clases, como mamá, Boni y la abuela barrieron cada rincón, cada escondrijo de la casa. Vi salir a arañas, lagartijas, cucarachas, y hasta gorgojos: huían despavoridos del agua y el detergente.

Pronto la casa estuvo repleta de un horrible olor a lejía, que se confundía con el dulce que estaba haciendo bisa Trina en la cocina, unos buñuelos al viento que según ella causaban furor en la España de su juventud.

—El encanto de los buñuelos al viento está en la ligereza que aporta la falta de relleno —explicaba al aire bisa Trina, junto conmigo, la única exonerada de limpiar la casa.

—O sea, que los buñuelos están rellenos de aire —hablaba con nadie Boni, mientras cepillaba el cristal de la ventana.

—Será un aire con olor a lejía. Yo no me voy a comer eso —informé. Pero sabía que sí me lo iba a comer, y con mucho gusto, con deditos chupados y todo. Y más con el hambre que tenía: no hay nada que me dé más hambre que ver a la gente limpiando.

Los dulces de la bisabuela, a pesar de ser muy ricos, o quizás precisamente por eso, tenían un inconveniente: atraían a las personas. No había condiciones para estudiar, había por todos lados movimiento y desorden, cubos de agua que caían de cualquier parte, trapos voladores, estropajos... El propio Cabeza de

Ladrillo no escuchaba sus dictados. Pero el olor de los buñuelos lo envolvía y extendía infinitamente su clase.

La abuela tuvo que ofrecerle un plato con buñuelos para que se fuera. Una vez degustados, Cabeza de Ladrillo determinó que eran suficientes lecciones por ese día. Apenas había cerrado la puerta detrás de sí, la abuela vino a hablar conmigo.

—Josefina.

—Ya me voy a poner a limpiar —pensé que era eso—. Y es Jo.

—Jo —accedió, extrañamente—, necesito tu perro.

Eso no pintaba bien.

—¿Para qué?

Antes de la clase de Cabeza de Ladrillo yo había estado entrenando a Ps. Me costó par de horas, pero le enseñé algunas buenas mañas. Me había tenido que leer un librito de entrenamiento de perros para hacerlo. En realidad era bien sencillo. Sólo tuve que darle a morder una cuerda y luego halarla. Ps halaba también, y eso le fortaleció la mordedura. Lo otro que hice fue amarrarle las patas, y dejarlo inmóvil. A los tres intentos, aprendió a morder la soga y a zafarse. Le había fortalecido los dientes... y la abuela lo sabía.

—Quiero que tu perro mate a las ratas del sótano.

La bisabuela, que escuchó la conversación, le dio un codazo a mamá, que andaba envuelta en telarañas, para que prestara atención.

—Pero Ps no es un gato. No come ratas.

—Pero pudiera morderlas, como tú le enseñaste a hacer con la soga. Alguien tiene que acabar con las ratas que tenemos en el sótano.

—¿Y por qué Ps?

—Mamá, ya te dije que no tenemos ratas en el sótano —intervino mi madre.

—¡Pero es que sí tenemos! ¡Y el perro ese vive en mi casa, así que tienes que mandarlo para el sótano, Magdalena!

Mi madre cogió al perro en un ataque de nervios y salió de la casa. Yo fui tras ella.

—Mamá, no; no lo lleves al sótano.

—Jo, vete para tu cuarto.

—Pero mamá, Ps no está preparado para eso. Lo van a morder las ratas.

—No hay ratas en el sótano. Sólo ve para tu cuarto —se paró y se irguió cuan alta era—. ¡Obedece!

Me fui para el cuarto. Boni lo había visto todo desde la ventana. Subió al cuarto e intentó consolarme, a su manera.

—Cógelo, léelo —Boni sacó de debajo de su almohada un libro—. Está tan bueno, que te vas a olvidar de todo lo demás. Es sobre un niño que descubre que tiene poderes y... Pero ¿qué haces?

Boni se sobresaltó cuando me vio hojeando rápido las páginas.

—Leo tu libro.

—¡No estás leyendo nada! ¡Te estás saltando todo!

—Es que está aburrido. Las primeras tres páginas son para describir el clima.

—¿Qué tienes en contra del clima? —protestó Boni.

—¡Nada, pero no hace falta describirlo tanto! Quiero llegar a la parte donde está el niño con poderes. Es inaceptable que se gaste tinta describiendo que hay mucho sol. Eso lo que único que me dice es que el protagonista tiene calor.

—Lo único inaceptable aquí eres tú —declaró.

—Si yo escribiera un libro, lo haría mucho más interesante.

—¿Y la parte en la que el niño se da cuenta de que tiene poderes? ¿No te parece eso interesante?

—Claro. Pero esa parte no ha llegado.

—Claro que ha llegado. ¡Precisamente él es que él está controlando el clima con sus poderes!

—¿Dónde dice eso?

—Por eso tienes que leer la descripción de lo fuerte que caliente el sol, así te darás cuenta de que es un sol extraño, y… Bah, no tiene caso. Quería ayudarte, pero no entiendes nada; eres una niñata.

No soy ninguna niñata. Entiendo bien. Sólo que no quiero leer un libro donde, de las tantas cosas que pudieran hacerse con los poderes, el niño decide que haya más calor.

VIII.

Pronto la casa estuvo reluciente, más bonita que nunca. Bisa Trina me contó que también la habían limpiado así cuando yo nací, pero como era una bebé no me acuerdo de nada. Qué tontería limpiar la casa por alguien que ni siquiera tiene los ojos bien abiertos. Ahora sí podrían hacerlo por mí alguna que otra vez. Ya soy más grande y me daría cuenta.

Le quise comentar mi idea a Boni, pero ella estaba molesta conmigo desde que desprecié su precioso libro. Además, lucía bastante incómoda en el cuarto. Teníamos una cama de más, y la de ella ahora estaba en un rincón, o sea, que tenía menos luz para leer.

La cama de más era para Alina, la prima que venía de visita. La abuela había determinado que Alina se iba a quedar en el cuarto de nosotras. Mi madre no se le quiso oponer. Sin embargo, Boni y yo nos atrevimos a protestar… en vano.

—Ya el cuarto es bastante chiquito —le argumenté a la abuela, mientras acariciaba a Ps, que desde que mamá lo había regresado del sótano no se separaba de mí.

—Hay seis cuartos en la planta alta, y nosotros tenemos el más chiquito —coreó Boni—. ¿Por qué?

—Sí, ¿por qué? —repetí yo.

—Porque es mi casa y en mi casa hago lo que me da la gana. ¡Y si a alguien no le gusta que se vaya! —concluyó la abuela.

No se dijo ni una palabra más. Ese mismo día la abuela mandó a poner una cama personal que estaba en uno de los cuartos vacíos en el cuarto nuestro. La habitación se veía apretada, apenas teníamos espacio para caminar.

—No hay espacio —le espeté a la abuela cuando vino a ver su obra.

—Eso es porque está el perro ese aquí. Hay que mandarlo para el sótano otra vez.

—¡No se va! —grité, mientras lo apretaba contra mí.

—¡Por supuesto que se va! Además, necesito que se ocupe de las ratas.

—Pero es que ya mamá lo llevó al sótano.

—Pero no sirvió de nada. Sigo escuchando ruidos. Así que tiene que vivir en el sótano a partir de ahora.

—Pero es que los gatos son los que se comen a las ratas, no los perros.

—¡El perro se va he dicho! —gritó la abuela.

—Yo lo voy a volver a llevar al sótano —se adelantó mi madre, atraída por los gritos.

La abuela se fue. Su mala acción del día estaba hecha, y podía sentirse contenta con eso.

—¿Puedo ir contigo esta vez, mamá? —pregunté.

—No, voy sola. Descuida, Jo, no le va a pasar nada en el sótano. Ya fue una vez, puede volver a ir —me consoló mi madre.

Pero justo antes de que separaran a Ps de mi lado, sucedió algo que salvó a mi perrito, e hizo que todos se olvidaran de las ratas… al menos por un tiempo: Sonó el timbre de la casa. Nos asomamos por la ventana y vimos algo totalmente nuevo para nosotros.

En el portal de la casa estaba parada un niña regordeta, con unas trenzas diminutas pegadas a la cara. Era pelirroja, llena de pecas, y francamente fea. Pero sobre todo, descuidada. Era exactamente el tipo de niñas que le caería mal a la abuela de tan sólo mirarla. Enseguida tuve un buen presentimiento sobre ella.

De todas maneras, la niña apenas se veía. Delante, alrededor y detrás de ella estaban muchas cajas de distintos tamaños y colores.

Hubiera dado lo que sea por ver la cara de la abuela cuando abrió la puerta. Lástima que estaba arriba, en mi cuarto, y no la vi. Vi, sin embargo –porque bajé corriendo las escaleras–, su sorpresa cuando la gordilla entró a la casa.

Entró como si fuera su casa. No dijo «buenas» ni «por favor» ni demás sandeces que tanto le gustan a la abuela. Sólo entró, halando una caja que por lo que pude ver estaba llena de cajitas dentro. Detrás de la niña entró un hombre que casi chocó conmigo.

–¿Dónde está tu mamá? –indagó.

Los cobradores siempre hacen eso. Me ven, y como saben que soy niña, y no tengo dinero, me preguntan por mis padres. Le señalé a la abuela. El hombre la saludó y le dejó un papel.

–Esto es el cargo del taxi, señora. Fírmeme aquí.

La abuela firmó, pero en automático. Tomó algo de aire, y cuando el hombre se fue, intentó reponerse del asombro.

–¿Tú debes ser Alina, no? –dijo, y se acercó a ella, pero con tal mal pie que terminó tropezando con una caja, y se cayó.

Alina no se inmutó. La abuela, desde el piso, parecía hervir de furia, pero se contenía lo mejor que podía.

–¿Qué son todas estas cajas? –preguntó.

Por toda respuesta, Alina aulló. Un aullido feo y largo, como de perro que se convierte en lobo bajo la luna llena.

Boni bajó las escaleras corriendo.

–¿Esta es tu colección de baúles? –se dirigió a Alina.

Alina no respondió.

–¿De qué hablas, Boni? –preguntó mamá.

–Acaba de llamar José, el abuelo de Alina. Me explicó que Alina venía con su colección de baúles. Esperaba que eso no fuera un problema.

–Claro que no –se compuso la abuela–. Sólo hubiéramos querido que nos avisara un poco antes, para irla a buscar al aeropuerto.

—Cogí un taxi —gruñó Alina.

—Sí, ya lo sé —abuela miró el recibo del taxista, que aún tenía en su mano, y suspiró—. Bueno tenemos una natilla de bienvenida para ti —la abuela señaló la cocina—. ¿Tienes hambre?

Por toda respuesta, Alina se levantó y fue a la cocina. Cuando me le acerqué le había metido las manos a la natilla y la estaba comiendo así, sin cuchara ni plato. A la abuela casi le da un infarto, pero yo estaba deleitada.

—Por favor, Alina, lávate las manos. ¿Quieres? —pidió la abuela.

Alina se miró las manos, como para comprobar qué tan sucias estaban. Determinó que no estaban tan mal, y siguió comiendo, tranquilamente.

La abuela aprovechó para presentar a toda la familia.

—En esta casa somos cinco.

—Seis —rectifiqué yo.

—Por ahora cinco —dijo la abuela, abriéndome los ojos.

Pero a Alina se veía que no le importaba en lo más mínimo cuántos fuéramos. Apenas escuchó nuestros nombres, cuando abuela nos presentó. Terminó la natilla en un santiamén. Sin ningún tipo de penas, y sin preguntar si podía, abrió el refrigerador y cogió el pay de manzana, que era el postre de la noche. Lo partió en dos, lo olisqueó un poco, y se embutió la tercera parte en la boca de un mordisco. El resto se lo guardó en uno de los bolsillos de su overol. Salió de la habitación y, sin dejar de masticar, empezó a cargar sus baúles.

La abuela estaba molestísima, pero la buena educación le impedía decir nada. Alina era una invitada y no parte de su casa, así que no tenía cómo chantajearla. Mamá estaba atónita con la situación. En cambio, yo estaba la mar de contenta.

—¿Cuánto tiempo viene… —la abuela buscó las palabras, y al final se decidió por el nombre— Alina a quedarse con nosotros?

—Viene por un mes.

—¡Un mes! —suspiró la abuela.

Un estruendo inmenso en la sala. Alina había intentado subir sus baúles, pero la escalera era demasiado empinada, y había terminado en el suelo.

La abuela dudó sobre si ayudarla. Mi madre no. Se le acercó y le ofreció una mano para que se levantara. Alina aulló por respuesta.

—¿No la vas a levantar, Magdalena?

—No quiere. Y si ella no quiere...

Mi madre no sabía cómo tratarla. Nadie sabía.

En eso llegó la bisabuela Trina. Miró a Alina tirada en el suelo con los pies en el aire, rodeada de baúles medio abiertos, pero no se sorprendió ni nada. Lo asumió como lo más normal del mundo. A veces me pregunto en qué mundo vive.

—¡Oh! ¡Pero si es madera de eucalipto!

—¿Qué? —balbuceó la abuela.

—¿Qué? —repitió mi madre.

—Ese baúl. Es de madera de eucalipto —repitió bisa Trina.

Alina, por toda respuesta, le extendió su mano a nuestra bisabuela.

—Ven, mijita, te voy a enseñar tu cuarto. ¿Ya probaste la natilla al caramelo que te hice? —quiso saber bisa Trina.

—Estaba rica —declaró Alina.

Todas nos quedamos patitiesas de la sorpresa.

La abuela se puso roja de la rabia —de no tener algo bajo control— y casi se podía ver cómo le hervía el estómago.

—¡Que se habrá creído la Alina esta! —murmuró entre dientes.

Boni se alteró mucho. Dijo que si ella, que vivía ahí, no le hablaba así a la abuela, por qué Alina sí. Pero a mí me encantó. Vi a la abuela tragarse la lengua y eso me puso de muy buen humor. No me sentía tan bien desde que papá estaba con nosotras.

IX.

Con todo el barullo y los preparativos para la llegada de
Alina no había encontrado el momento para abrir la carta de
papá. La carta de él debía abrirla cuando estuviera tranquila,
para poder adentrarme bien dentro cada palabra.

El día siguiente a la llegada de Alina me desperté tan tem-
prano que tuve que bajar y encender la luz de la sala para leer
la carta, porque todavía no había amanecido. Todos estaban
durmiendo; había una tranquilidad poco común en la casa, y
supuse que era el mejor momento para abrir la carta.

En las breves líneas que me había escrito, papá decía cuánto
me extrañaba y que no sabía cuándo podía regresar, que estaba
ahorrando todo el dinero que ganaba para comprar una casa
para nosotros cuatro, donde tanto Boni como yo íbamos a tener
un cuarto propio.

¡De repente sentí una tristeza! Una mucho más grande que
cuando papá se fue. No estaba segura de acordarme de su rostro.

Toda la culpa era de la abuela. Ella era la que había botado
a papá, la que había hecho que nuestras vidas fueran así de
miserables.

Empecé a pensar, no sé por qué, qué distinta sería mi vida si
en vez de ser nieta de mi abuela, y de estar presa en esta familia,
fuera una huerfanita de la calle, que cantaba en las aceras para
poder sobrevivir.

Sólo tendría una ropa para cantar. Seguro que hasta me
hacía amiga de algún viejito mendigo que tuviera una lata
para que la gente echara el dinero. Nos pasaríamos todo el día
trabajando, él con la lata extendida hacia la gente, yo cantando

canciones tristes. Y la gente pasaría y miraría mi ropa vieja y desaliñada y diría: «pobrecita esta niña, no tiene padres, no tiene abuelas». Pero yo no me sentiría mal, sino que sería feliz, porque sería libre.

Poco a poco, mientras pensaba esto, me quité la ropa que tenía puesta. Saqué del bulto de ropa sucia la que usó Boni para limpiar la casa. Estaba llena de polvo y telarañas, y muy raída. Me la puse. Sin hacer ruido, abrí la puerta de la sala. La madera crujió un poco. Alina, que estaba recostada en el sofá, levantó la cabeza.

—¿A dónde vas?

Eran las primeras palabras que me dirigía.

—¿Por qué no estás durmiendo? —le cuestioné.

—A esta hora es de día en Rusia. No tengo sueño. ¿A dónde vas? —era insistente.

Me acordé de cómo se comió los dulces de la bisa Trina ella sola.

—No te importa.

—¿Puedo ir contigo?

—No —dije y cerré la puerta.

Frente a la casa nuestra hay una cafetería. A veces, si es bien tempranito y todavía no hay otros olores, se puede sentir el olorcillo rico del pan recién horneado. Esa mañana era así, cálida y olorosa. Recordé que no había desayunado. Pero era tarde para volver. No quería ver más nunca a la abuela. Entonces, en lo que decidía qué hacer, me senté en el borde del contén, al lado de la cafetería.

Estaba así, despeinada, con la ropa sucia, sintiéndome bien desgraciada, cuando se me acercaron unos chiquillos. Eran cuatro, tres eran mocosos todavía, pero el más grande, que se veía que era el líder, era alto como una vara. Llevaba un boomerang con él.

Yo nunca había tocado un boomerang. Los había visto en fotos, incluso había leído sobre ellos, que cuando uno los lanza siempre vuelven a donde uno está, y que los habían inventado la gente en Australia. Pero tocarlo, y lanzarlo yo misma para que regresara a mí, eso nunca.

Entonces me fijé en el boomerang. El chiquillo que lo estaba lanzando no dejaba que los mocosos lo tocaran. Lo lanzaba con un movimiento en el codo, se esforzaba mucho, pero el boomerang no regresaba a él.

Los mocosos empezaron a burlarse.

—No sabes cómo hacerlo, Reni —remarcaba uno.

—Dámelo a mí, yo sí sé cómo hacerlo —pedía el otro.

—Cállense, ustedes no saben nada —respondía el tal Reni—. Déjenme a mí o les voy a soltar una que se van a acordar.

Los mocosos lo dejaron tranquilo. Pero cuando vieron que el tal Reni seguía sin lograr que el boomerang retornara a él, siguieron burlándose.

Yo mientras tanto estaba dibujando en el polvo de la acera. Dibujaba algo que había visto en uno de los libros de indígenas del profesor de español. Eran pinturas que habían hecho los aborígenes de Australia. Siempre me habían gustado porque dibujaban como yo, o sea, no sabían dibujar bonito. Y así y todo, esas pinturas eran famosas.

—Eh, tú, ¿qué haces?

El tal Reni me estaba hablando.

—Estoy dibujando.

—¿Qué cosa?

—Dibujos de los aborígenes de Australia. Ellos creían que si dibujaban esto estaban haciendo magia —conté, maravillada de mis conocimientos en el tema.

—Reni, ella está haciendo magia —dijo un mocoso.

—Deja de dibujar —me ordenó de repente al que llamaban Reni.

—¿Por qué?

—Porque me da la gana a mí.

Faltaba más. Había huido de la casa para ser libre y en mi primera hora de libertad un chiquito me mandaba.

—Yo hago lo que me da la gana, no lo que me mandan.

—Ah, sí, ahora vas a ver. O dejas de dibujar, o te tiro esto.

—Tú no sabes cómo tirar eso —dije y me levanté.

Yo era más grande que los mocosos, pero no más que Reni. Él era mucho más alto que yo, aunque más delgado. Los niños pequeños se rieron y se burlaron de él. Reni cogió entonces el boomerang, y estoy segura de que pensó en golpearme con él, pero yo me le adelanté:

—¡Guanacabibes! —grité con todas mis fuerzas y salté encima de Reni.

Caímos los dos juntos. Cogí el boomerang y le di golpes con todas mis fuerzas. Los mocosos se tiraron sobre mí. Me atacaron a la vez. Aunque eran más pequeños que yo, eran tres, y me sonaron bien duro. Mordí a uno en una pierna, pero los otros dos me dieron golpes hasta que solté el boomerang. Yo sí no dejé de dar patadas y piñazos, la mayoría al aire. Cuando Reni se recuperó, cogió el boomerang, quizás para golpearme, pero en ese momento apareció de la nada ¡Alina! y le saltó encima. Mucho más regordeta que yo, Alina lo dejó sin aire. Le cogió el boomerang y se puso al lado mío. Se veía que estaba dispuesta a darle a quien se acercara. Los mocosos ya estaban cansados después de mis golpes, y ahora éramos dos en contra de ellos. Alina, tan rellena, amedrentaba un poco.

Se veía que estaban pensando si atacarnos o no.

–Danos el boomerang y nos vamos –avisó, finalmente, Reni.

–Vete, o te tiro el boomerang por la cabeza –amenazó Alina, mientras mostraba el puño.

Amanecía. Algunos carros pasaban; la gente comenzaba a entrar en la cafetería. Reni miró a los mocosos.

–Vámonos.

Sin dejar de mirarnos, comenzó a alejarse.

Cuando estaba a varios metros, Alina le tiró el boomerang. Cayó a sus pies. Él lo recogió, nos amenazó con él, pero no se acercó. Se perdió entre la gente que empezaba a poblar la cuadra. Los mocosos se fueron con él.

Alina me miró. Yo estaba echando sangre por la nariz. Y estaba llorando, creo que más de rabia que de otra cosa. No me gustó que me viera así, pero ella no se burló ni nada. En cambio, me pidió:

–¡Ven conmigo, rápido!

Me agarró la mano y empezamos a correr. Quería preguntarle por qué corríamos, pero no pude, las lágrimas no me dejaban coger aire para hablar.

–Tenemos que mantenernos en movimiento –alcancé a oírle–. Cuando una está triste y se queda quieta, la tristeza es peor. Hay que moverse, moverse.

Llegamos a la costa. El mar estaba tranquilo y diáfano. Como el sol no había salido del todo, los cocoteros dejaban largas sombras en la playa.

Yo ya no lloraba.

–Ven, vamos al agua, hay que quitarte la sangre de tu nariz –me dijo Alina.

Yo me dejé hacer. Nos metimos en el agua hasta las rodillas. Ella se agachó y con las manos hizo un recipiente. Me dijo que metiera la cabeza entre sus manos. La metí. Un hilillo rojo salía de mi nariz y se mezclaba en sus manos y luego en el agua de mar.

–Ahora echa la cabeza hacia atrás y aguántate la nariz –me ordenó–. ¡Funciona! –anunció, un poco sorprendida.

Cuando la sangre dejó de salir, le pregunté si ella no se lavaría también.

–No estoy sucia.

–Estás llena de polvo. A ver, te limpio yo.

Le eché el pelo rojo hacia atrás, y le limpié la cara con mis manos mojadas. Tenía tantas pecas que no se podía saber qué era churre y qué parte de su cara. La dejé lo más limpia que pude; tenía una costra profunda detrás de las orejas.

–¿Nunca te bañas? –le pregunté.

–Los sábados –me respondió, como si fuera lo más natural del mundo.

En el camino de regreso a casa, nos dimos la mano.

Una vez en la casa, me enseñó su colección de baúles. Tenía todo tipo de maderas, y me habló sobre ellas hasta que, poco a poco, las personas de la casa fueron despertando, y tocó desayunar.

X.

—¿Que vamos a hacer hoy? —me preguntó Alina.

Sólo me dirigía la palabra a mí, y a bisa Trina, a veces. Por más que Boni intentaba hablarle, sólo recibía largos silencios. Boni trataba de disimularlo, pero la verdad es que eso le ponía los pelos de punta. Como la más inteligente del aula que era, no estaba acostumbrada a ser ignorada.

Precisamente por esta situación yo me sentía con la responsabilidad de ocuparme de Alina. Por lo demás, tampoco es que fuera un problema. Aparte de cochina, no era mala persona.

—Hay algo que quiero hacer... —le anuncié, misteriosa, a Alina—. Si quieres me acompañas.

—¿Qué cosa es? —indagó ella.

—¿Puedo ir con ustedes? —preguntó Boni.

Me dieron deseos de decirle que no, que se quedara. Me había dicho tantas veces niñata, que se lo merecía. Pero me dio pena por ella, tan inteligente y disciplinada siempre, y ahora siendo abiertamente rechazada por nuestra prima.

—Está bien, puedes venir. Pero necesito que no tengas problemas en embarrarte.

—No los tendré.

—Y no puedes traer un libro.

Boni siempre llevaba un libro a donde quiera que ella iba. Era su manera de evitar el aburrimiento, en el caso de que no hubiera nada interesante que hacer.

—Pero...

—No te vas a aburrir.

—¿Qué esperamos? —apremió Alina.

Salté de la cama y empecé a hacer las maletas para la aventura. Eché varias herramientas de las de papá y varias mudas de ropa, también de él.

—¿Qué haces con la ropa de papá? —protestó Boni.

—Papá tiene mucha, no se va a dar cuenta si le cogemos un poquito. ¡Vamos!

Las llevé a la playa. Me puse a mirar a lo largo del horizonte.

—¿Qué miras?

—Estoy buscando una casa de madera abandonada.

Alina se emocionó.

—¿Aquí hay una?

—No, Alina, son inventos de Jo.

Pero Boni se tuvo que comer sus palabras.

—Allí está —anuncié, señalándola.

—¿Eso?

Me lancé a correr. Alina y Boni, detrás de mí.

Verdad que no parecía una casa. Si no me hubiera sabido la historia del anciano huraño que me hizo el señor Hamze nunca hubiera identificado a esas ruinas de madera. Donde una vez hubo una casa había ahora apenas una pared de madera medio destruida. Y no había el más mínimo rastro de un jardín con amapolas y girasoles.

—¿Qué es esto? —preguntó Boni, mientras se acercaba con dificultad: no estaba acostumbrada a correr en la arena.

Le conté a Boni la historia que me había hecho el señor Hamze. Como yo cuando el señor Hamze terminó de contar sus recuerdos del anciano, se quedó callada por un rato.

—¿Qué quieres hacer tú con lo que queda de esta casa? —quiso saber cuando finalmente habló.

—Con la casa, nada. Lo que quiero es plantar un espantapájaros por aquí… uno parecido al que una vez hizo el anciano.

Boni se sorprendió. Al contrario de lo que pensé, le pareció muy buena idea. La historia del señor Hamze la había transformado en otra: Me dijo que me ayudaría a hacer el espantapájaros.

Pero yo no tenía idea de cómo se hacía. Boni se dio cuenta, pero, al contrario de tantas otras veces, no se burló. Realmente se podía notar un cambio en ella.

—Necesitamos un cuerpo para el espantapájaros —comentó así, hablando en plural.

Levanté una tabla del suelo.

—¿Este puede ser el cuerpo?

Alina y Boni se arrodillaron y empezaron a abrirle espacio en la arena, para que quedara bien firme en el suelo. La fui a poner en el hoyo que abrieron, pero Boni me detuvo.

—No, primero tienes que clavarle otra tabla cruzada, para que haga de brazos.

Qué raro y qué bueno era tener a Boni de mi lado. Si hubiera sabido que sólo se necesitaba una historia…

Terminamos sucias, sudadas, prietas por el sol de la playa. Me había aplastado el índice con un martillazo, y me dolía un montón. Pero el espantapájaros estaba en pie, y se veía bien firme sobre la arena. Tenía puesta la ropa de papá; parecía real, sobre todo de lejos.

—¿Decimos algo? —preguntó Boni.

—¿Algo como qué?

—No sé… pero siento que debemos decirle algo —se aclaró la garganta y pronunció, solemne—: Señor espantapájaros, te hemos creado en nombre del señor Hamze, y en recuerdo del anciano que vivía en esta casa.

—¿Ya? —pregunté.

—Ya —dijo sencillamente Boni.

—Tengo hambre —declaró Alina.

—¿Vamos para la casa? La bisa debe tener dulcecitos —expuso Boni.

Cuando la abuela nos vio regresar, parecíamos tres bolitas de churre. Sobre todo Alina. Si la abuela no hubiera estado de lo más entretenida conversando con el cartero, ¡tremenda reprimenda que nos hubiera tocado! Pero como estaban los dos muy acaramelados, tomando café en la sala, Alina pasó directamente para la cocina y Boni y yo bordeamos el jardín, sin penas ni glorias.

—Ven, quiero que veas algo —le dije a Boni.

—¿Qué es?

Por toda respuesta, le señalé un montículo de tierra. Me miró como si no entendiera.

—El señor Hamze me regaló una semilla, y la sembré ahí. No sé si será una semilla de amapola, o de girasol, como las que había sembrado el anciano frente a su casa…

—¿Estás hablando de la semilla que te regaló junto a Ps?

—Sí.

—Es de aguacate.

—¿Cómo lo sabes?

—Sé reconocer una semilla de aguacate cuando la veo.

Alina nos hizo señas desde dentro de la casa. Tenía un pozuelo grande en sus manos, seguro una natilla de bisa Trina. Boni entró corriendo. Yo me quedé un rato mirando el montículo de tierra. Más allá de qué planta fuera, debajo de él había vida, y eso me gustó.

XI.

Cuando se fue el cartero la abuela nos dio la reprimenda del siglo. No presté mucha atención, porque estaba bien cansada del día bajo el sol de la playa, pero sí escuché algo de que estaríamos castigadas durante mil años, con sus mil días y mil noches.

Luego, mientras dormía la siesta, oí cómo la abuela vociferaba sobre las ratas del sótano.

Soñé con ellas. Estaban preparando una fiesta y me habían invitado. Sólo que no tenía con quién ir. Alina iba con Boni; Norah con su padre, y yo quería ir con el mío, pero no lo encontraba. Quise escribirle una carta para que viniera de Rusia y pudiera ir conmigo a la fiesta, pero el papel se me enredaba entre las manos y no podía desenredarlo, por más que lo intentara.

Cuando me desperté era de noche. Boni y Alina se estaban vistiendo.

—¿Qué hacen?

—Hola, niña durmiente.

—Nos vamos para una fiesta.

—¿Que qué? ¿Y cuándo pensaban despertarme para decírmelo?

—No hizo falta despertarte. Tú misma te has despertado solita —me espetó mi hermana.

Al parecer, Boni había vuelto a ser la de siempre. Y ahora se llevaba bien con Alina.

—¿Y esa fiesta? —pregunté mientras me levantaba y abría el escaparate.

—La va a hacer Norah. Nos vino a avisar hace un rato.

En el escaparate no encontré ninguna ropa que me gustara.

—¿Pero no estábamos castigadas? —exploré, con la esperanza de haberlo soñado.

—¿Desde cuándo haces lo que la abuela te dice?

—Sólo chequeaba.

Me puse un short, unas botas y un pulóver.

—¿Vas a ir en botas a una fiesta?

—¿Quieres ver el otro par de zapatos que tengo?

—No, gracias.

—Fueron los que llevé a la playa hoy.

—Ya me imagino.

—Con las botas te va a ser más fácil descolgarte por la ventana —comentó Alina.

Y era verdad. Como eran tan duras, podía apoyarme en los recovecos del balcón sin sentir nada en los pies.

Lo que sí no fueron muy funcionales en la fiesta. Las amistades estiradas de Norah y del señor Hamze no paraban de mirarme y reírse. Todo por las malditas botas. No me imaginé la gentuza que habría en esa fiesta. Los que no eran de Inglaterra, fingían serlo. Traían puesta bufandas, aunque hacía un calor de los mil demonios. Hablaban con acento inglés; algunos lo fingían mejor que otros. Si no me hubiera sentido tan fuera de lugar, habría pensado que era divertido, verlos a todos tratando de ser y de comportarse como no eran realmente.

Norah, que normalmente era una chica cabal, estaba fumando, como el señor Hamze. El humo que soltaba salía directico de su boca a flotar en la habitación, por encima de la música. Ella también estaba tratando de ser alguien que no era. Aquello me fastidió hasta la médula.

Hubiera dado media vuelta, y puesto mis botas en dirección a mi casa, de no haber sido por el olor.

Era mi olor preferido en el mundo. Llegó a mí de repente, y me sacó de la gente que fingía ser más glamorosa, que se reía sin parar, sin tener nada gracioso delante. Me sacó de tener calor nada más de ver tantas bufandas y abrigos, como si el clima no estuviera con los habituales 32 grados Celsius. No sabía de dónde venía el olor, y al principio incluso no supe qué era.

Me levanté y me puse a seguirlo. Como el humo del cigarro de Norah, flotaba por encima de la música y de la gente. Me llevó hasta la cocina, pero no se quedaba allí. Venía de fuera de la casa. Salí.

En el portal estaban Norah y algunas de sus amigas estiradas. Le preguntaban con ironía a Alina por su colección de baúles. Alina explicaba, pero cuando se dio cuenta de que la consideraban loca, comenzó a gruñir.

Miré con fiereza a Norah. Ella se dio cuenta y se acercó a mí, con actitud inocente.

—¿Qué? Sólo estamos jugando.

No le dije nada. Me desilusioné por dentro, eso sí. De todas maneras, no tenía caso pensarlo demasiado. Son cosas que pasan. Además, el olor me volvía a llegar, ahora con más fuerza. Lo seguí.

Norah se interpuso entre el olor y yo.

—Jo, disculpa. Tienes razón, me he comportado como una estúpida. Es que a veces tan sólo quiero encajar, ¿entiendes?

—Sí —le dije. Pero lo que se dice entender, de verdad, comprender al otro, no la entendía.

Sin embargo, ella se alegró.

—Voy a entrar a quitarme la bufanda esta —me informó—. Me estoy muriendo de calor.

Norah entró a su casa. La algarabía de la fiesta tomaba fuerza. Vi a Boni bailando; no lo hacía mal.

Me senté en el contén, frente a casa de Norah. Alina, al cabo de un rato, se sentó junto a mí.

El olor se había ido. No tenía más remedio que sentarme a esperar si volvía. Mientras tanto, hablé por hablar.

—Sabes, Alina, la abuela va a saber que vinimos a la fiesta. Está demasiado ruidosa para que no se entere, y como es en casa de Norah, va a imaginarse que ella nos invitó. En estos momentos debe estar camino a nuestro cuarto...

—No me molesta.

—A ti también te van a castigar.

Entonces vi quién era Alina: me contó sus pensamientos. Ella pensaba que, por muy mala que fuera la vida con la abuela, era mucho mejor que vivir en una familia donde nada más que había silencio y la tristeza. Y eso era lo que ella tenía en Rusia. Su abuelo José apenas hablaba, casi no le prestaba atención a nadie. Su madre, la hija de José, se había vuelto a casar y vivía con su nuevo esposo y nuevos hijos en otra ciudad, lejos de Moscú. Ella vivía sola con su abuelo, pero como él no hablaba, y siempre estaba ensimismado, ella se sentía sola todo el tiempo.

—Al menos —me dijo— tu abuela se preocupa por ustedes. Les grita y las regaña, pero porque se preocupa.

Porque el abuelo de Alina no se enteraba si ella se bañaba, si ella lloraba, iba a la escuela o no iba, si robaba comida en una tienda, si no dormía en casa, si tenía colección de baúles o de espantapájaros. Al abuelo todo le daba igual, porque la guerra le había quitado la alegría de vivir. Para siempre.

—Quizás —miré a Alina— puedas quedarte a vivir con nosotras.

—No puedo —previno, y vi entonces la persona exacta que era— dejar solo al abuelo mucho tiempo.

XI.

Esa noche no volví a sentir el olor que tanto me gustaba. Lo esperé en vano; nunca llegó.

Cuando Boni se cansó de contonear el cuerpo, se acercó a Alina y a mí, que ya para entonces estábamos acostadas en el contén de la esquina de casa de Norah. Boni vino con cara seria; nos preguntó si estábamos listas para irnos. Se veía cansada.

—¿No la has pasado bien?

—La fiesta no ha estado tan mal. Pero ahora viene la peor parte.

Sabía a qué se refería. Si la abuela nos había castigado ya por mil noches con sus mil días, ¿qué castigo podría ser ahora peor?

Pero yo había tenido tiempo de pensar en un plan:

—Si quieres tener una noche tranquila, haz exactamente lo que te voy a decir.

Boni y Alina me miraron, impresionadas. Me levanté del contén y me dirigí a la casa. Cuando vi que Boni iba en dirección al cuarto de nosotros, le expliqué el principio de mi plan.

—No podemos entrar a la casa como mismo salimos.

—Pero no podemos entrar por la puerta principal; la madera de la sala cruje, y la abuela se va a despertar…

A veces Boni era tan inocente…

—La abuela ya está despierta. Apuesto el espantapájaros a que está esperándonos en el cuarto.

—¿Y entonces? —se inquietó Alina. Nada más llevaba par de días con nosotras, y ya le tenía miedo a la abuela. Había que admitírselo; la abuela era bien efectiva en su monarquía.

—Síganme —les pedí.

Fueron, obedientes, detrás de mí. Entramos a la sala. Bien cerca de la puerta estaban los baúles de Alina que, de tan grandes, no habían podido subir por las escaleras. Abrí el primero.

—Boni, tú entra aquí.

—¿Este es tu plan?

—Nadie nos va a buscar aquí. Estamos dentro de la casa, pero no estamos visibles.

Boni entró sin rechistar.

—Me parece un buen plan.

Cuando estaba abriendo el segundo baúl, para que Alina durmiera allí, se encendió una lucecita en la sala. Era la abuela.

—Buenas noches a las fugadas.

Todas nos quedamos de piedra. Hubiera corrido, pero la sorpresa no me dejaba.

—Yo estaba esperándolas en el cuarto, y de repente me acordé de cuán imaginativa eres, Jo.

Era un cumplido, pero sonaba como una navaja afeitándome el cuello.

La abuela se levantó de la butaca. Pude ver, colgando cuan largo era, el cinto que tenía en la mano. Ya había visto esa película, y no me había gustado.

De repente, sin saber bien qué hacía (después lo entendí como instinto de conservación) salté por encima de los baúles, en dirección a la puerta. Boni y Alina me miraron, estoy casi segura de que tenían ganas de irse conmigo, pero estaban demasiado asustadas. Yo también lo estaba, pero mis piernas se movían solas, como resortes independientes de mi mente.

Y mis piernas me llevaron, corriendo, hacia fuera. A grandes zancadas pasé el jardín, salté la cerca de la casa, crucé la calle, pasé la cafetería, y la calle después de esta. Miré para atrás brevemente, antes de perder a la casa en el horizonte. La abuela estaba parada en la puerta, pero ya estaba muy lejos y no sabía cuál era la expresión de su rostro. De todas formas, la podía adivinar.

Seguí corriendo.

No sé bien cómo llegué a la casa de madera donde estaba el espantapájaros. Tenía hambre, y estaba cansada, pero lo que más me atormentaba era que sin mí en la casa, no sabía quién se ocuparía de Ps. Porque no pensaba regresar más nunca a esa casa. Al menos no mientras papá no estuviera allí.

Me acosté a los pies del espantapájaros, como si yo misma fuera una entrega para el anciano huraño del cuento del señor Hamze. El sonido del mar en la playa, a pocos metros del espantapájaros, opacaba todos los demás ruidos de la noche. Me quedé dormida.

XII.

Cuando me desperté, no abrí inmediatamente los ojos. Utilicé todos los demás sentidos para entender qué estaba pasando a mi alrededor. Una cosa era segura: estaba en los brazos de alguien. Una persona me tenía cargada, y caminaba a paso apurado.

Se agolparon en mi mente los recuerdos del día anterior. Pensé que a lo mejor, en medio de la frialdad de la noche, y por culpa del hambre, me había muerto y ahora venía la muerte a llevarme. Pensé en lo mucho que me iba a extrañar mi padre cuando se diera cuenta de que había perdido a su hijita. Incluso mamá y Boni me llorarían. Algunas lágrimas se me deben haber salido con estos pensamientos.

—Ya está despierta —notificó Boni, o quizás era la muerte, que tenía una voz parecida.

Abrí los ojos. Era mamá quien me cargaba. Boni y Alina iban detrás.

—¿A dónde vamos?

—Vamos a llevarte a la casa, mi niña.

—No quiero ir nunca más a esa casa, mamá.

—No te preocupes por tu abuela. Todo va a ser diferente ahora.

Llegamos a la casa. Ni rastros de la abuela por ningún lado. Tampoco era que quisiera verla. Mamá subió las escaleras conmigo cargada, y me dejó en mi cama, con suavidad.

—Te voy a traer algo de comer. Debes estar hambrienta.

La cama estaba tan cómoda. No hay nada como dormir en el suelo para valorar la cama de uno. Boni y Alina estaban pendientes de mí.

—¿Qué pasó cuando me fui? —las interrogué.

—Todo el mundo se despertó. Te buscamos por todos lados —me contó Alina.

—¿Te preocupaste mucho? —le pregunté a Boni.

—Yo sabía que te iba a encontrar —me respondió—. Y tenía razón.

—Casi no me encuentras. Estuve a punto de irme para siempre.

—Tú querías ser encontrada. Te pusiste en un sitio donde sabías que te podíamos encontrar —dijo, y se puso a leer—. Yo lo sabía, así que no me preocupé.

Abrió su libro, y enseguida pareció de lo más absorta en su lectura.

Alina se acercó a mí.

—Ella sí estaba preocupada —me reveló, bien bajito—. Te buscó por todas partes… fue la que tuvo la idea de ir a donde estaba el espantapájaros.

Miré a Boni. Disimulaba su preocupación con un bostezo.

Quise saber dónde estaba la abuela, pero no tenía ganas de preguntar por ella. En cambio, me acordé de Ps.

—¿Dónde está Ps?

Boni y Alina me miraron, sobresaltadas. No habían pensado en Ps. De un tirón estuve de pie.

—¡Tengo que buscarlo! ¡Ni sé cuánto tiempo lleva sin comer!

Boni dejó el libro bajo su almohada:

—Alina, tú búscalo abajo, yo me encargo de esta planta. Jo, tú te quedas descansando. Mamá te va a traer el desayuno ahora, y no puede verte levantada.

Salieron de la habitación. Pese a lo que me había dicho Jo, me levanté y miré hacia fuera. ¡El jardín! ¡Boni no había dicho nada de buscar en el jardín! Me descolgué inmediatamente por la ventana.

XIII.

Me descolgué por la ventana de mi cuarto, hacia el jardín. Pude ver, desde fuera, como Alina escudriñaba debajo de los muebles de la sala, y Boni buscaba dentro del horno, en la cocina. Mamá y la bisa miraban a todas partes; se veían algo alarmadas.

La abuela, en cambio, no estaba por ninguna parte. Quizás había decidido irse, después de todo, de esa casa donde no se sentía cómoda, entre personas que gritaban tanto como las ratas del sótano.

«¡Las ratas!», pensé, y un escalofrío recorrió mi espalda, mientras me deslizaba hacia el suelo. ¡A lo mejor la abuela había llevado a Ps para el sótano! Me imaginé a mi pequeño Ps, siendo devorado por cientos de ratas hambrientas.

No pensé en coger un arma para luchar con las ratas, no pensé en avisarle a nadie; ni siquiera en la posibilidad de que una rata me mordiera: salí disparada para el sótano.

Aunque hubiera estado pensando mil años, nunca hubiera imaginado lo que me iba a encontrar allí. Lo primero que me llamó la atención en el sótano es que las luces estaban encendidas. La abuela, tan estricta con el orden, nunca dejaba una luz encendida en una habitación donde no hubiera una persona. A no ser que la abuela estuviera ahí mismo en el sótano. Pero era poco probable, porque había un reguero extremo, y ella nunca se quedaría en un sitio tan reprochable.

Entré, sigilosa. Había un montón de libros abiertos por todos lados. Cogí uno. Decía:

Российская Федерация

Lentamente, leí: Rossíiskaya Federátsiya. No sabía lo que significaba (sólo sé leer el ruso, no entiendo lo que significan las palabras). Pero algo sí sabía: no eran las ratas las que habitaban el sótano. Entonces, para acabar de confirmar mi sospecha, me llegó el olor. Era el mismo que había sentido la noche anterior, que me parecía ya muy lejana, en casa de Norah.

—¿Papá? —me escuché decir.

Silencio. El perfume aun más fuerte; una silueta oscura se dibujó en una esquina del sótano.

—Papá… —me le acerqué, anhelante.

—Jo —salió a la claridad—. ¡Jo!

Me le lancé encima. Tenía la barba áspera, y me pinchó.

—Josefina, ¡me encontraste! —dijo mi papá.

En la boca de papá, mi nombre no suena tan mal.

—El perfume. Podría reconocer ese olor entre todos los olores del mundo.

Me abandoné en sus brazos. Estuve ahí, sin moverme, sumergida en el abrazo, hasta que me pareció escuchar un gemido perruno. Entonces me acordé.

—Papá, ¿has visto a mi perrito?

—Está por aquí; le tengo preparada una casita. Papá dio varios pasos, movió una caja, y sacó a Ps. Estaba envuelto en una manta y mordisqueaba un huesillo.

—Le puse Ps —le conté.

—Lo sé. Tu madre me ha mantenido informado de todo. Le he dado algo de comida, porque sé que has estado ocupada…

—¿Llevas mucho tiempo aquí?

—Unas semanas.

—¿Por qué no me lo habías dicho, papá?

En ese momento, sentimos que alguien se acercaba.

—Papá —susurré—, ¿nos escondemos?

Me había dado cuenta de que mi padre había estado viviendo en el sótano todo este tiempo, precisamente escondido de mi abuela.

Pero papá no tuvo tiempo de responder. Alguien había entrado ya en el sótano. Avanzó con confianza entre las cajas de madera, los libros y demás trastes. Era mamá. Cuando me vio, sentada sobre papá, suspiró.

—Jo, ¿estás aquí? Pensé que te habías escapado de nuevo.

—Está bien. Está conmigo —confirmó papá, y me abrazó.

—¿Ya no te vas a esconder más, papá?

—No —respondió mi madre—. Como te dije, Jo, ahora las cosas van a ser diferentes.

Boni se acercó, corriendo, detrás de mi madre.

—¿Ya Jo lo sabe?

De repente, me di cuenta de que Boni sabía que nuestro padre estaba en el sótano. Quise gritar de rabia, pero algo me detuvo las palabras, que se quedaron muertecitas de miedo en la garganta.

La abuela estaba parada en la puerta del sótano. El sol de verano, intenso, reflejaba su sombra por las escaleras, y entraba hasta casi donde nosotros estábamos.

Boni se puso nerviosa:

—Es mi culpa; me debe haber seguido.

Me hundí más en el abrazo de papá. Sin embargo, papá lo asumió como algo natural y hasta esperado. Se desprendió con suavidad de mí y salió del sótano de donde había estado escondido por semanas, con tanta naturalidad como si saliera del cuarto de baño. Mamá y Boni y yo fuimos detrás de él.

Alina y bisa Trina comentaron después lo estupefactas que se quedaron cuando nos vieron salir del sótano, brotando como si fuéramos plantas. Y realmente era un cuadro raro vernos a todos en el jardín; Alina y bisa Trina un poco apartadas; papá, mamá, Boni y yo, una masa compacta, haciéndole frente a la abuela.

El único que no estaba tenso era papá. No miró a la abuela siquiera. Con una sonrisa natural me dio un empujoncito en la espalda.

—Vayan al cuarto y recojan algunas cosas que necesiten. Nos vamos ahora mismo a pasar el día en la playa ¿Qué les parece?

A mí me parecía fantástico, pero miré a la abuela. Ella estaba tiesa como una estaca. Se veía a las claras que no le hacía ninguna gracia ver a mi padre, pero tampoco decía nada. Seguro estaba procesando que las ratas del sótano que había estado escuchando por semanas eran en realidad mi padre.

—Jo, ya escuchaste a tu padre, vete al cuarto. Tú también, Boni —apremió mi madre—. Alina, ¿vienes con nosotros?

—No —respondió con la boca llena Alina, que no por sorprendida dejaba de merendar—. Estoy comiendo.

A pesar de la orden de mi madre, yo no me moví. Entonces mi padre se acercó a mí.

—A partir de ahora las cosas van a ser diferentes, Jo —hablaba mirándome, pero tuve la sensación de que no hablaba conmigo—. Basta ya de vivir con miedo. Eso no está bien. Tu abuela sabe que si las cosas no cambian se va a quedar sola.

—No estaré sola; Trina está conmigo —replicó imperceptiblemente la abuela.

—Nunca se comete una sola falta —murmuró bisa Trina, moviendo la cabeza.

Yo me fui para el cuarto, y elegí la más linda entre mis trusas: un bikini floreado que me había regalado papá el año pasado. Cogí para Ps —no pensaba dejarlo— un pulóver que me quedaba pequeño.

Nos fuimos con Ps para la playa. Hacía un sol bien fuerte, y había muchas personas bajo la sombra de los cocoteros. Pero nosotros no le teníamos miedo al sol. Queríamos aprovechar bien cada gota de agua. Mamá fue toda maquillada; se veía radiante incluso cuando el mar empezó a dejarle tiras negras debajo de los ojos. Boni se ocupó todo el tiempo de Ps. Me dejó a solas con papá, para que yo pudiera aprovecharlo bien.

Yo le enseñé a papá dónde había pasado la noche. Le pareció estupendo que hubiera dormido debajo de un espantapájaros. No se molestó en lo más mínimo porque había cogido ropa suya para vestirlo.

—Cuéntame, Jo —me dijo papá—, ¿qué te gustaría hacer ahora mismo? ¿Quieres ir a la cafetería frente a la casa, a comer uno de esos panes con olor rico?

No había desayunado, así que tenía bastante hambre.

—¿Podemos? —yo estaba a tope de felicidad.

—¡Dale, vamos!

—No. Ahora no. Vamos a quedarnos aquí un ratico más. Se está muy gustico.

—Está bien.

—Ji-ji —me reí.

XIV.

Cuando regresamos de la playa sí que comí, en la cafetería y en la casa, montañas de panes. Después dormí como dos años, el sueño más tranquilo que tuve desde que papá se había ido para Rusia. Seguía pensando que bien me pudieran haber informado cuando él regresó; yo no hubiera dicho nada a la abuela de que él estaba viviendo en el sótano, pero entendí que me consideraban una niñata, y lo mejor para luchar contra esto era no hacer escándalos. Así que me quedé tranquilita, sin pelearle a nadie. Además, no tenía ganas de pelear. Estaba la mar de contenta por tener a mi padre en casa.

Cuando me desperté del largo sueño, estaba atardeciendo. Las luces del sol todavía calentaban bastante, pero todo tenía una calma anaranjada bien bonita.

Me descolgué por la ventana (le había cogido el gusto a hacerlo). Papá y mamá estaban en la sala. Estaban ordenando los baúles de Alina. Se veían contentos.

Yo salté directico al jardín. Fui al sitio donde había hecho mi magia negra en lengua arawak. La magia había dado resultado. La abuela estaba neutralizada. Todo era mejor que nunca.

Noté que, allí donde había sembrado la semilla de aguacate, había una plantica diminuta, enclenque, naciendo de la tierra. Estaba ahí, verde clarito, tan pequeña como una uña mía. No tenía idea de qué era, pero se veía hermosa. Estuve mucho tiempo mirándola. Pensé en el anciano huraño que conoció el señor Hamze: Cuando uno mira, realmente mira una planta, no puede sino cantarle.

Así pues, le canté. Primero algunas estrofas de canciones de moda, luego empecé a inventarle tonadas nuevas, en lo que me pareció era la lengua arawak (que no sólo utilizaba para hacer magia).

Cuando mi madre llegó al jardín, me encontró acostada, cantándole bajito a la planta endeble que había acabado de nacer.

—Jo, ¿qué haces con esa matica?

—Le canto en lengua arawak.

—Oh, mi niña.

Mi madre, como siempre, dramática. Sabe cómo darle la vuelta a todo para que parezca un problema.

—Arriba, Jo, vamos a salir. Ve al baño, lávate las manos, vamos a salir.

—Pero, mamá. ¿No ves que estoy ocupada?

—Jo, al baño. ¡Ahora!

Mamá puso mirada de tener el estómago a punto de hervir. Fui sin dilación a bañarme. Hice lo imposible por limpiarme el churre de las manos, pero no lo conseguí; cuando regresé todavía tenía tierra incrustada bajo las uñas.

—Ven acá, Jo —me llamó mi madre mientras ensalivaba un pañuelo. Me lo pasó por las uñas.

—¿Sabes a donde vamos, Jo?

—No.

—Voy a llevarte al psicólogo.

¿Qué? ¿Y eso a que venía?

—¿Sabes por qué voy a llevarte al psicólogo, Jo?

No se me podía ocurrir por qué.

—Por lo que escribiste en la composición de tu profesor de español.

¿Por la composición que le hice a Cabeza de Ladrillo? ¿Esa era la única razón?

—Ni siquiera me acordaba de eso —le dije, con sinceridad.

—¡Pues yo sí! Yo sí me acuerdo, Jo. Y también vamos por todo lo que has estado escribiendo en tu diario todo este tiempo.

—¿Leíste mi diario?

Pero mamá no respondió.

XV.

El psicólogo resultó ser un señor mayor. Me sonrió apenas entré.

—¿En qué la puedo ayudar?

—Verá, doctor. Mi hija tiene problemas.

—¿Usted cree? Yo la veo muy bien.

Enseguida me cayó bien el psicólogo.

—Mire —comenzó mi madre. Abrió su cartera y sacó, ¡mi diario!

¿Qué hacía mi madre con mi diario? Obviamente lo había leído.

—Esta libreta es el diario de Jo. Ella escribe…

—¿Sí?

Mi madre no encontraba las palabras. El doctor la alentó.

—Es común tener un diario a su edad…

—Mire, aquí Jo, mi hija…

—¿Sí?

—Aquí en este diario ella ha escrito sobre Alina, una prima de ella. Escribía que esta Alina vino a visitarnos y que fueron a una fiesta juntas.

—Eso es común a esas edades, señora.

—Es que… quizás no me explico.

Y tenía razón. No se explicaba. Yo era la única que sabía lo que ella quería decir, pero no tenía intenciones de ayudarla a decirlo.

—Verá, doctor… Alina… no existe. Mi hija no tiene a ningún familiar con ese nombre.

—¿Cómo?

—Ella… la inventó. Inventó a Alina, incluso inventó a un perrito que dice aquí que le regaló la vecina, una niña llamado Norah Hamze. Pero es que… ¡nosotros no tenemos ninguna vecina con ese nombre!

El doctor se echó para adelante y me miró con toda su atención. Se veía que yo le resultaba muy interesante.

—Señora, ¿puede salir un momento?

—¿Es necesario? —preguntó mi madre.

—Sí. Por favor —pidió el psicólogo e indicó la puerta.

—¿Le dejo esto? —mi madre señaló mi diario.

—A mí no. Esa libreta no es mía. Es de su hija. Creo que se la debe dejar a ella.

—Claro.

Mi madre me dio la libreta y salió.

El psicólogo esperó a que mi madre cerrara la puerta. Se levantó, abrió una pequeña nevera que tenía sobre una mesa de caoba. Cogió una lata de refresco.

—¿Quieres una?

—Sí.

Bebimos par de sorbos al unísono.

—Bueno, cuéntame, ¿cómo es Alina? —soltó de repente.

—No le cae bien a mi abuela —dije, y no sé por qué, sonreí.

—¿Es difícil caerle bien a tu abuela? —me preguntó, en tono cómplice.

—Imposible —declaré.

—Estará bastante sola tu abuela.

—Pues no. Porque tiene dinero. Y casa. Y mis padres no tienen ni lo uno ni lo otro.

—¿Esta abuela es la madre de tu madre?

—Sí.

—¿Y tu papá cómo lo lleva?

—Mi papa está en un viaje de trabajo ahora.

—¿En dónde?

—Rusia.

—¿Y cuándo está en la casa? ¿Cómo lo lleva?

—Está ahorrando para comprarnos una casa para nosotros solos. O sea, para Boni, mi mamá y yo.

—Mmm.

—¿Qué quiere decir «Mmm»?

El psicólogo sonrió.

—Yo también tuve una abuela parecida —me confesó.

—Usted no conoce a mi abuela. La mía es peor que la suya.

—Puede ser.

Me caía la mar de bien ese psicólogo.

—¿La pasaste bien mientras escribías?

—¡Mucho! ¡En mi familia casi nunca pasa nada, pero en mi diario sí pasan un montón de cosas!

—Yo no lo llamaría diario.

¿Qué quería decir?

—Yo lo llamaría novela, más específicamente, novela autobiográfica, porque aunque sea de ficción, está basada en tu vida.

—Los escritores son los que escriben novelas.

—Supongo que eso te hace una escritora entonces.

Sonreí. Creo que era mi primera sonrisa desde que mi papá se había ido.

—Ji-ji —me reí bajito.

—¿Ji-ji? —se sorprendió.

—Es algo entre mi papá y yo —le expliqué—. Cuando él dice algo y yo me río así: «ji-ji», él sabe que es que me gustó lo que dijo, y que estoy muy contenta.

—¡Ah, entiendo!

¡Y se veía que entendía! Era un psicólogo muy bueno.

—¿Llamarías a tu mamá? Debe estar desesperada allá fuera —dijo y me guiñó un ojo.

En efecto, mi madre se veía muy impaciente y preocupada.

—¿Cómo está la niña? —preguntó apenas entró.

–¡Perfectamente! ¡La felicito, señora! ¡Tiene una hija muy inteligente! ¡Qué maravilla!

Mi madre se veía un poco sorprendida. No sé por qué tenía que verse tan sorprendida con eso; tampoco es que fuera tan difícil de creer…

–¿En serio?

–Una maravilla –seguía diciendo el doctor.

XVI.

Resumen final

Supongo que no tiene sentido seguir escribiendo sobre Alina o sobre Norah, excepto que para mí sí existieron. Fueron mis amigas, y aunque no es algo que yo diga en voz alta, todavía lo son.

Mi madre le habló del diario/novela y de la visita al psicólogo a toda la familia.

En respuesta, la bisabuela expuso que la pluma era la lengua del alma, y se fue a hacer una natilla al caramelo, para celebrarlo; por su parte, la abuela dijo que yo tenía mariposas en la cabeza, que ella siempre lo había sabido, y sin decir más metió la cabeza entre unas flores que le había regalado el cartero.

Boni quiso que la dejara leer lo que yo había escrito. Para mi sorpresa, le gustó.

Finalmente, llegó mi padre de Rusia. Mi madre lo fue a buscar al aeropuerto. Yo me quedé en casa. Me daba vergüenza, porque seguro ella le enseñaba el diario/novela, y yo lo había puesto viviendo en un sótano.

Pero mi padre no pareció molestarse por eso. Es más, parecía muy contento y descansado.

Llegó y saludó a todos.

—¡Traje un regalo para cada uno de ustedes! —anunció.

Miró a mi abuela, y subrayó:

—Para usted también, Mariela. Y para usted, Trina. ¡Pero los vamos a abrir después! Ahora vamos para la playa. ¡Es el último día de las vacaciones de verano!

—¡Ya estoy lista! —salté yo, que enseguida me puse mi bikini floreado.

Nos fuimos para la playa. Era increíble lo bien que se estaba ahí.

Cuando nos habíamos cansado de nadar y chapotear me acerqué a mi papá. Quería estar a solas con él, pedirle perdón por haberlo puesto a vivir en un sótano.

–¡Josefina! –me abrazó. No sé por qué, en su boca mi nombre suena bien–. ¡Mi pequeña escritora! Sólo tengo una pregunta.

¿Una pregunta?

–¿Cómo era el perrito Ps?

Me sonreí. Sabía qué estaba haciendo.

–¿Era de raza?

–No. Era sato.

–Qué bien. Yo sé dónde conseguir un perro sato.

–Pero no lo necesito ya. Ahora te tengo a ti.

–¡Claro que lo vas a tener! ¡Lo vas a tener ahora mismo! ¡Vamos, vamos a buscarlo!

Se levantó de la arena. Pero yo le halé la mano.

–No, ahora no, papá. Vamos a quedarnos un ratico más.

–¿Te apetece?

–Me apetece.

–¿A ustedes también? –le preguntó a mi hermana y a mi madre.

Ellas asintieron.

–Bueno, si todas quieren quedarse…

–Ji-ji –me reí.

Catálogo Bokeh

Abreu, Juan (2017): *El pájaro*. Leiden: Bokeh.

Aguilera, Carlos A. (2016): *Asia Menor*. Leiden: Bokeh.

— (2017): *Teoría del alma china*. Leiden: Bokeh.

Aguilera, Carlos A. & Morejón Arnaiz, Idalia (eds.) (2017): *Escenas del yo flotante. Cuba: escrituras autobiográficas*. Leiden: Bokeh.

Alabau, Magali (2017): *Ir y venir. Poesía reunida 1986-2016*. Leiden: Bokeh.

Alcides, Rafael (2016): *Nadie*. Leiden: Bokeh.

Andrade, Orlando (2015): *La diáspora (2984)*. Leiden: Bokeh.

Armand, Octavio (2016): *Concierto para delinquir*. Leiden: Bokeh.

— (2016): *Horizontes de juguete*. Leiden: Bokeh.

— (2016): *origami*. Leiden: Bokeh.

— (2018): *El lugar de la mancha*. Leiden: Bokeh.

— (2018): *Superficies*. Leiden: Bokeh.

Aroche, Rito Ramón (2016): *Límites de alcanía*. Leiden: Bokeh.

Blanco, María Elena (2016): *Botín. Antología personal 1986-2016*. Leiden: Bokeh.

Caballero, Atilio (2016): *Rosso lombardo*. Leiden: Bokeh.

— (2018): *Luz de gas*. Leiden: Bokeh.

Calderón, Damaris (2017): *Entresijo*. Leiden: Bokeh.

Castaños, Diana (2019): *Yo sé por qué bala la oveja mansa*. Leiden: Bokeh

Columbié, Ena (2019): *Piedra*. Leiden: Bokeh.

Conte, Rafael & Capmany, José M. (2018): *Guerra de razas. Negros contra blancos en Cuba*. Leiden: Bokeh, colección Mal de archivo.

Díaz de Villegas, Néstor (2015): *Buscar la lengua. Poesía reunida 1975-2015*. Leiden: Bokeh.

— (2015): *Cubano, demasiado cubano. Escritos de transvaloración cultural*. Leiden: Bokeh.

— (2017): *Sabbat Gigante. Libro primero: Hojas de Rábano.* Leiden: Bokeh.

— (2018): *Sabbat Gigante. Libro segundo: Saigón.* Leiden: Bokeh.

— (2018): *Sabbat Gigante. Libro Tercero: Rumpite Libro.* Leiden: Bokeh.

Díaz Mantilla, Daniel (2016): *El salvaje placer de explorar.* Leiden: Bokeh.

Fernández Fe, Gerardo (2015): *La falacia.* Leiden: Bokeh.

— (2015): *Notas al total.* Leiden: Bokeh.

Fernández Larrea, Abel (2015): *Buenos días, Sarajevo.* Leiden: Bokeh.

— (2015): *El fin de la inocencia.* Leiden: Bokeh.

Ferrer, Jorge (2016): *Minimal Bildung. Veintinueve escenas para una novela sobre la inercia y el olvido.* Leiden: Bokeh.

Gala, Marcial (2017): *Un extraño pájaro de ala azul.* Leiden: Bokeh.

Garbatzky, Irina (2016): *Casa en el agua.* Leiden: Bokeh.

García, Gelsys (2016): *La Revolución y sus perros.* Leiden: Bokeh.

García, Gelsys (ed.) (2017): *Anuncia Freud a María. Cartografía bíblica del teatro cubano.* Leiden: Bokeh.

García Obregón, Omar (2018): *Fronteras: ¿el azar infinito?* Leiden: Bokeh.

Garrandés, Alberto (2015): *Las nubes en el agua.* Leiden: Bokeh.

Gutiérrez Coto, Amauri (2017): *A las puertas de Esmirna.* Leiden: Bokeh.

Gómez Castellano, Irene (2015): *Natación.* Leiden: Bokeh.

Harding Davis, Richard (2019): *Notes of a War Correspondent.* Leiden: Bokeh, colección Mal de archivo.

Hernández Busto, Ernesto (2016): *La sombra en el espejo. Versiones japonesas.* Leiden: Bokeh.

— (2016): *Muda.* Leiden: Bokeh.

— (2017): *Inventario de saldos. Ensayos cubanos.* Leiden: Bokeh.

Hondal, Ramón (2019): *Scratch.* Leiden: Bokeh.

Hurtado, Orestes (2016): *El placer y el sereno.* Leiden: Bokeh.

Jesús, Pedro de (2017): *La vida apenas*. Leiden: Bokeh.

Kozer, José (2015): *Bajo este cien*. Leiden: Bokeh.

— (2015): *Principio de realidad*. Leiden: Bokeh.

Lage, Jorge Enrique (2015): *Vultureffect*. Leiden: Bokeh.

Lamar Schweyer, Alberto (2018): *Ensayos sobre poética y política. Edición y prólogo de Gerardo Muñoz*. Leiden: Bokeh, colección Mal de archivo.

Lukić, Neva (2018): *Endless Endings*. Leiden: Bokeh.

Marqués de Armas, Pedro (2015): *Óbitos*. Leiden: Bokeh.

Miranda, Michael H. (2017): *Asilo en Brazos Valley*. Leiden: Bokeh.

Morales, Osdany (2015): *El pasado es un pueblo solitario*. Leiden: Bokeh.

Morejón Arnaiz, Idalia (2018): *Una artista del hombre*. Leiden: Bokeh.

Méndez Alpízar, L. Santiago (2016): *Punto negro*. Leiden: Bokeh.

Padilla, Damián (2016): *Phana*. Leiden: Bokeh.

Pereira, Manuel (2015): *Insolación*. Leiden: Bokeh.

Ponte, Antonio José (2017): *Cuentos de todas partes del Imperio*. Leiden: Bokeh.

— (2018): *Contrabando de sombras*. Leiden: Bokeh.

Portela, Ena Lucía (2016): *El pájaro: pincel y tinta china*. Leiden: Bokeh.

— (2016): *La sombra del caminante*. Leiden: Bokeh.

Pérez Cino, Waldo (2015): *Aledaños de partida*. Leiden: Bokeh.

— (2015): *El amolador*. Leiden: Bokeh.

— (2015): *La isla y la tribu*. Leiden: Bokeh.

— (2018): *El puente sobre el río cuál*. Leiden: Bokeh.

Quintero Herencia, Juan Carlos (2016): *El cuerpo del milagro*. Leiden: Bokeh.

Rodríguez, Reina María (2016): *El piano*. Leiden: Bokeh.

— (2018): *Poemas de navidad*. Leiden: Bokeh.

Rodríguez Iglesias, Legna (2015): *Hilo + Hilo*. Leiden: Bokeh.

— (2015): *Las analfabetas*. Leiden: Bokeh.

SAUNDERS, Rogelio (2016): *Crónica del decimotercero*. Leiden: Bokeh.

STARKE, Úrsula (2016): *Prótesis. Escrituras 2007-2015*. Leiden: Bokeh.

SÁNCHEZ MEJÍAS, Rolando (2016): *Mecánica celeste. Cálculo de lindes 1986-2015*. Leiden: Bokeh.

TIMMER, Nanne (2018): *Logopedia*. Leiden: Bokeh.

VALDÉS ZAMORA, Armando (2017): *La siesta de los dioses*. Leiden: Bokeh.

VEGA SEROVA, Anna Lidia (2018): *Anima fatua*. Leiden: Bokeh.

VILLAVERDE, Fernando (2016): *La irresistible caída del muro de Berlín*. Leiden: Bokeh.

— (2016): *Los labios pintados de Diderot*. Leiden: Bokeh.

— (2018): *Todo empezó en detritus*. Leiden: Bokeh.

WINTER, Enrique (2016): *Lengua de señas*. Leiden: Bokeh.

WITTNER, Laura (2016): *Jueves, noche. Antología personal 1996-2016*. Leiden: Bokeh.

ZEQUEIRA, Rafael (2017): *El winchester de Durero*. Leiden: Bokeh.

www.ingramcontent.com/pod-product-compliance
Lightning Source LLC
Chambersburg PA
CBHW022150020726
47496CB00008B/2639